Niki aus dem 10. Stock

Text Irina Korschunow
Bilder von Gisela Degler-Rummel

4. Auflage 1992

Umschlag: Anke Prahl
Illustrationen: Gisela Degler-Rummel
Gesamtherstellung: Ebner Ulm
ISBN: 3-7767-0539-6

INHALT

Niki zieht um

Niki war sechs Jahre alt. Diese sechs Jahre hatte er in einem kleinen gelben Haus am Stadtrand gewohnt. Es lag mitten in einem Garten. Rundherum waren andere Gärten, und am Ende der Straße begann der Wald.

Niki kannte alle Kinder in der Nachbarschaft. Gleich morgens rannte er aus dem Haus und traf sich mit ihnen. Sie rollerten zusammen und bauten Städte im Sandkasten, sie spielten Indianer oder Bankräuber, und im Winter rodelten sie die Böschung hinunter.

Doch eines Tages war es damit vorbei.

„Wir müssen umziehen", sagte der Vater. „In die Stadt."

Niki sah ihn erschrocken an. „Ich will nicht!" rief er. „Ich will hierbleiben."

„Das geht nicht", sagte die Mutter. „Du weißt doch, wir haben dies Haus nur gemietet. Die Besitzer wollen es abreißen."

„Das dürfen sie nicht! Wir wohnen doch hier!" rief Niki.

„Das Haus gehört ihnen. Sie dürfen leider damit machen, was ihnen paßt", sagte die Mutter. „Sie wollen ein großes Haus auf dem Grundstück bauen."

„Ein Haus mit Wohnungen?“ fragte Niki. „Dann können wir doch in so eine Wohnung ziehen!“

Die Mutter seufzte. „Es werden Eigentumswohnungen. Und wir haben nicht genug Geld, um eine Eigentumswohnung zu kaufen. Wirklich, wir müssen wegziehen.“

Niki wollte es immer noch nicht glauben.

„Hier in der Straße — gibt es denn da keine Wohnung für uns?“

„Nein“, sagte die Mutter. „Wir haben schon alles versucht. Die Häuser in dieser Gegend mit den Gärten drumherum sind viel zu teuer. So etwas Billiges wie unser kleines gelbes Haus gibt es nicht mehr. Jetzt haben wir eine Wohnung in einem Hochhaus gemietet, in der Stadt.“

„Ich will nicht dorthin!“ rief Niki.

„Sie ist eigentlich auch viel zu teuer“, sagte der Vater. „Aber ich habe von dort aus nur einen kurzen Weg zur Arbeit, und dann ist der Stadtpark in der Nähe und sogar eine Badeanstalt. Und zum Haus gehört ein großer Hof. Du sollst doch Platz zum Spielen haben.“

„Du kriegst ein schönes eigenes Zimmer“, fügte die Mutter hinzu. „Und wenn du im Herbst zur Schule kommst, brauchst du nicht weit zu laufen. Paß auf, es wird dir gefallen.“

Aber Niki rief nur immer wieder: „Ich will nicht! Ich will nicht!“

Er wollte in dem gelben Haus und bei seinen Freunden bleiben. Als der Möbelwagen anrollte, versteckte er sich hinter dem Gartenschuppen. Der Vater mußte ihn hervorzerren und zum Auto tragen. Die Mutter nahm ihn in den Arm und versuchte, ihn zu trösten. „Es wird schon gut, Niki“, sagte sie. „Paß auf, es wird alles gut.“

Die neue Wohnung lag oben im zehnten Stock. Durch die großen Fenster konnte Niki weit über die Dächer blikken. Abends, wenn überall Lichter brannten, glänzte und glitzerte die Stadt, das sah schön aus. In der Wohnung war viel Platz, viel mehr als in dem gelben Haus, und in Nikis Zimmer stand ein großer roter Spielzeugschrank. Aber nicht einmal das machte Niki Spaß. Er hatte niemanden, mit dem er spielen konnte. Von morgens bis abends dachte er an seine Freunde. Er stellte sich vor, wie sie zusammen am Waldrand herumtobten, und vor Kummer verkroch er sich in die Ecke neben dem roten Schrank.

„Geh doch auf den Hof, Niki“, sagte die Mutter. „Dort ist doch Platz! Es gibt so viele Kinder hier im Haus. Guck mal aus dem Fenster, dort unten spielen sie Indianer.“

Doch die Kinder kamen Niki zu groß und zu fremd vor. Sie kannten sich alle untereinander und wollten von einem Neuen wahrscheinlich nichts wissen. Niki fürchtete sich vor ihnen. Wenn er ein Kind im Treppenhaus traf, drehte er den Kopf weg.

Eines Morgens, als Niki vom Semmelholen kam, stand wieder ein Möbelwagen vor dem Haus. Eine neue Familie zog ein, Vater, Mutter und ein Junge.

Niki sah sich den Jungen genau an.

Der ist so groß wie ich, dachte er. Und er kennt noch keinen hier im Haus. Vielleicht können wir zusammen spielen.

Aber der neue Junge ließ sich kaum blicken, und wenn er Niki traf, rannte er davon.

„Mit dem ist nichts los“, sagte Niki zu seiner Mutter. „Der ist blöd.“

„Das glaube ich nicht“, meinte die Mutter. „Er ist wahrscheinlich nur schüchtern, weil er niemanden kennt und alles fremd für ihn ist. Du weißt doch, wie das ist. Sei nett zu ihm.“

Nett? Wie sollte Niki zu jemandem nett sein, der immer davonrannte? Dabei wollte er so gern mit dem neuen Jungen reden. Er war so allein, und vor den anderen Kindern im Haus fürchtete er sich immer noch.

Eines Tages kam Niki im Dauerlauf vom Supermarkt an der Ecke zurück. Er hatte eingekauft, Äpfel, Brot, Zucker, Käse, Butter und Backpulver. Es war drei Minuten vor fünf, und um fünf fing die Kindersendung im Fernsehen an. Hastig sprang er die drei Stufen vor der Haustür hinauf, da stolperte er. Bums, fiel er hin, mit dem rechten Ellenbogen auf eine Steinkante. Neben ihm lag die Einkaufstasche. Butter, Brot und Käse waren herausgerutscht, und die Äpfel kullerten die Stufen hinunter, einer hinter dem anderen.

Niki rappelte sich hoch. Sein Ellbogen blutete, und er

wußte nicht genau, ob er heulen solle. Und gerade in diesem Augenblick kam der neue Junge.

Der fehlt mir noch, dachte Niki, der rennt ja doch gleich weg.

Aber diesmal blieb der Junge stehen. Er sah Niki an, er sah den blutenden Ellbogen an. Dann begann er, die Butter, das Brot, den Käse und die Äpfel einzusammeln und wieder in die Tasche zu stecken.

„Tut's weh?" fragte er.

„Hm", murmelte Niki. Und dann: „Wie heißt du eigentlich?"

„Thomas", sagte der Junge.

„Ich heiße Niki", sagte Niki.

Thomas kratzte mit seiner Schuhspitze über die Steine.

„Soll ich dir die Tasche zum Lift tragen?"

„Wenn du willst", sagte Niki. „Du kannst ja mit zu uns kommen. Ich kann dir mein Zimmer zeigen."

„Von mir aus", sagte Thomas und ging mit Niki zum Lift.

Von nun an hatte Niki wieder einen Freund. Jeden Tag traf er sich mit Thomas. Zu zweit wagten sie sich sogar auf den Hof zu den anderen Kindern. Am ersten Tag standen sie noch herum und sahen zu. Doch schon am nächsten Tag spielten sie mit. Und weil Niki nicht mehr allein war, gefiel ihm die neue Wohnung oben im zehnten Stock bald ebenso gut wie das kleine gelbe Haus am Waldrand.

Niki kommt zur Schule

Niki wohnte schon ein halbes Jahr in der neuen Wohnung, da war es soweit: Er sollte zur Schule kommen.

„Nächste Woche geht es los", sagte die Mutter. „Ich muß dir noch ein Federmäppchen kaufen. Was für eine Farbe möchtest du haben? Rot? Braun? Oder grün?"

Niki antwortete nicht. Es war ihm egal, wie das Federmäppchen aussah. Er wollte am liebsten gar keins haben. Er wollte auch nicht zur Schule gehen. Er wollte wieder fünf Jahre alt sein und immer fünf Jahre alt bleiben.

Daran war der große Bernd schuld, Bernd von nebenan, der schon in die dritte Klasse ging.

„In der Schule ist es schrecklich", hatte er Niki erzählt. „Die Lehrer sind alle böse. Man darf sich nicht mucksen. Wenn du mal schwatzt oder aus dem Fenster guckst, sperren sie dich in ein dunkles Loch. Oder sie schicken dich zum Rektor, der holt seinen dicken Stock aus dem Schrank. Na, du wirst dich wundern."

Der große Bernd hatte bei diesem Schauermärchen gegrinst. Aber Niki merkte nicht, daß ihm ein Bär aufgebunden wurde, so erschrocken war er. Bis zu diesem Tag hatte er sich auf die Schule gefreut. Jetzt fürchtete er sich.

„Was ist denn mit dir los?" fragte die Mutter. „Du machst ja ein Gesicht, als ob du geschlachtet werden sollst. Hast du etwa Angst vor der Schule?"

Dabei lachte sie, und Niki dachte: Ich darf nicht sagen, daß ich Angst habe, dann werde ich ausgelacht. Ich darf es überhaupt keinem sagen, auch nicht Thomas.

Die Mutter kaufte ihm ein knallrotes Federmäppchen mit vielen Buntstiften. Sie kaufte auch eine rote, glitzernde Schultüte und füllte sie mit Schokolade, Kaugummi, Kartoffelchips und Bonbons. Aber Niki freute sich nicht darüber. Mit hängendem Kopf und schwerem Herzen machte er sich auf seinen ersten Schulweg.

Es war ein kalter Herbsttag. Der Wind pfiff um die Straßenecken. Drinnen im Schulhaus roch es nach feuchten Mänteln, und als die Lehrerin Niki entgegentrat, hätte er beinahe angefangen zu weinen.

Ob die mich in ein dunkles Loch sperrt? dachte er und klammerte sich an die Mutter.

Die Lehrerin nahm Nikis freie Hand.

„Und du bist also der Niki!" sagte sie. „So ein großer Junge! Fein, daß du zu uns kommst."

Sie lächelte Niki an und sah gar nicht böse aus. Aber Niki glaubte ihr kein Wort. Sein Herz klopfte laut beim

Betreten des Klassenzimmers. Sein Freund Thomas war schon da. Er saß an einem Tisch direkt am Fenster. Niki setzte sich neben ihn und sagte kein Wort. Er wagte nicht einmal, sich zu rühren, die ganze Stunde nicht.

Auch am nächsten Tag saß er stumm wie ein Fisch auf seinem Stuhl. Die anderen Kinder schwatzten und lachten und wurden trotzdem nicht in ein dunkles Loch gesteckt. Aber Niki dachte: Das kommt schon noch, und als die Lehrerin sagte: „Jetzt malen wir alle einen Hampelmann", hatte er nicht einmal Lust, seine Buntstifte aus dem Federmäppchen zu nehmen. Langsam drehte er den Kopf zum Fenster, an das der Regen prasselte, und da sah er den Heizkörper. Der Heizkörper tropfte! Ein dünner Wasserstrahl rann heraus und sammelte sich zu einer Pfütze.

Niki vergaß, daß man sich in der Schule nicht rühren durfte und sprang auf.

„Die Heizung tropft!" rief er. „Da!"

Die Lehrerin kam angelaufen.

„Gut, daß du es gemerkt hast!" sagte sie. „Weißt du was, jetzt gehst du zum Hausmeister. Gleich neben unserer Tür ist die Treppe, und unten neben der Treppe ist sein Büro. Du bestellst ihm, er möge gleich herkommen. Meinst du, daß du das kannst?"

„Klar", sagte Niki und rannte los. Er wollte sich beeilen, damit nicht noch mehr Wasser in die Klasse lief. Aber an der Treppe blieb er stehen.

Die hat ja ein tolles Geländer, dachte er. Gerade richtig zum Rutschen. Wenn ich nach unten rutsche, bin ich noch mal so schnell beim Hausmeister. Und es sieht ja niemand.

Er sprang auf das Geländer, und los ging es, schnell, immer schneller, sssssss, um die Kurve und dann . . .

Dann war das Geländer zu Ende. Niki konnte nicht mehr bremsen. Er flog hinunter und prallte gegen zwei

Männer, die gerade um die Ecke bogen. Bums, machte es, und Niki lag mit einem von ihnen auf dem Boden.

„Au!“ schrie er. „Au! Mein Knie.“

Der Mann neben ihm schrie auch.

„Was fällt dir ein!“ donnerte er. „Weißt du nicht, daß Rutschen verboten ist? In welche Klasse gehst du?“

Niki antwortete nicht. Er zog nur den Kopf ein.

„Ich glaube, er gehört zu den ABC-Schützen, Herr Rektor“, sagte der andere Mann.

Rektor! Niki hörte das Wort und zog den Kopf noch tiefer ein. Dabei sah er sein Knie. Es hatte ein Loch, und aus dem Loch tropfte Blut. Das erinnerte ihn an die Heizung.

„In — unserer — Klasse — Klasse — läuft die Heizung“, schluckte er. „Ich — ich soll . . . der Hausmeister soll . . .“

„Das da ist der Hausmeister“, sagte der Rektor. „Er sieht sich die Sache gleich mal an. Und du kommst mit in mein Zimmer.“

Der Stock, durchfuhr es Niki. Der Stock in seinem Schrank! Er drehte sich um und wollte weglaufen, aber der Rektor nahm seine Hand.

„Setz dich“, sagte er, als sie im Rektorzimmer waren, und ging an den großen Schrank.

Jetzt holt er ihn, dachte Niki. Jetzt holt er den Stock.

Aber der Rektor holte keinen Stock. Er holte nur ein Pflaster.

Das klebte er auf Nikis blutendes Knie.

„Tut es sehr weh?“ erkundigte er sich. „Na, es hätte schlimmer sein können. Komm, ich bringe dich in deine Klasse zurück.“

Jetzt lachte er sogar.

„Nicht mehr rutschen“ sagte er. „Du siehst ja, so was kann schiefgehen.“

„Ja“, nickte Niki erleichtert und blickte sich noch einmal nach dem Schrank um, in dem wahrscheinlich überhaupt kein Stock lag. Und dann saß er wieder auf seinem Platz, nahm seine Buntstifte und malte einen wunderschönen Hampelmann.

„Fein, Niki“, sagte die Lehrerin. Niki sah sie an und hatte plötzlich keine Angst mehr. Er wußte jetzt Bescheid: Der große Bernd hatte geschwindelt. Die Lehrer waren nicht böse, und die Schule machte Spaß.

Niki und der Federschmuck

Jedesmal, wenn Niki mit den Kindern aus dem Haus Indianer spielte, sah er neidisch die Federn auf ihren Köpfen an. Der große Bernd trug einen Kopfputz aus roten und blauen Federn, Thomas einen kunterbunten, und der von Peter war so groß, daß er ihm über die Schultern hing. Auch Tims war nicht viel kleiner. Niki dagegen hatte nur ein Stirnband mit zwei mageren schwarzen Federn. Das ärgerte ihn, vor allem deshalb, weil er nie Häuptling sein durfte.

„Du mit deinen Minifedern", spottete der große Bernd bei jeder Gelegenheit. „Ein Häuptling braucht einen vernünftigen Federschmuck. Kauf dir erst mal einen."

Kaufen! Woher sollte Niki soviel Geld nehmen? Und die Mutter gab ihm keins. „Warte ab, bis du Geburtstag hast", meinte sie.

Aber bis zum Geburtstag war es noch lange hin, viel zu lange, um darauf zu warten.

Eines Sonntags, als Niki mit seinen Eltern den Großvater auf dem Lande besuchte, sah er Hühner auf der Nachbarwiese herumlaufen. Das brachte ihn auf eine Idee. Wenn er Federn hatte, konnte er sich einen Kopfschmuck basteln. Der Großvater mußte ihm Hühnerfedern besorgen!

„Mal sehen, was sich machen läßt", sagte Großvater.

Drei Wochen später kam er angereist und brachte eine Plastiktüte voller Federn mit. Keine Hühnerfedern, sondern große, breite Putenfedern, die er buntgefärbt hatte, rot, blau, gelb, orange und schwarz.

„Danke!" rief Niki und tanzte mit der Plastiktüte durchs Zimmer. „Danke! Danke! Danke!"

Der Großvater besorgte ein breites rotes Band und zeigte Niki, wie man jede einzelne Feder daran festnähen mußte. Es war eine kniffligе Arbeit. Wenn der Großvater nicht ab und zu geholfen hätte, wäre Niki wahrscheinlich nie fertiggeworden. Aber die Mühe lohnte sich. Der Federschmuck war größer und prächtiger als irgendein Federschmuck weit und breit.

Die anderen Jungen, Thomas, Peter, Tim und sogar der große Bernd standen bewundernd um Niki herum.

„Toll", sagten sie. „So einen kann man nicht kaufen, den gibt's nirgends."

Dann fingen sie an, Indianer zu spielen. Sie rannten und schrien und versteckten sich und schlichen sich an und kämpften und rauchten die Friedenspfeife, und nur Niki war nicht bei der Sache. Das kam daher, weil er nicht an das Spiel, sondern hauptsächlich an seinen Federschmuck dachte und über nichts anderes reden wollte.

„Sieh mal, Thomas, wie bunt meine Federn sind", sagte er. „Viel bunter als deine."

„Du, Tim, dein Federschmuck ist aber schon ziemlich alt. Du mußt dir auch mal solchen machen, wie ich habe."

„Mein Federschmuck ist noch größer als deiner, Peter. Und du hast ja bloß rote und blaue Federn, Bernd."

So redete Niki den halben Nachmittag lang. Das gefiel weder Thomas noch Tim und Peter; am wenigsten gefiel es dem großen Bernd.

„Hau ab mit deinem blöden Federschmuck, Angeber", sagte er. „Wir spielen jetzt sowieso Fußball."

Bernd und die anderen legten Federn, Tomahawks und Friedenspfeifen neben die Mülltonnen. Nur Niki zögerte. Er hatte Angst, daß seinem Federschmuck etwas passieren könne und behielt ihn auf. Aber kaum stieg der schwarzweiße Ball in die Luft, vergaß er seine Sorge. „Achtung, Leute!" schrie er. „Toor!" Er dribbelte und lief und kickte, und dabei flogen ihm die Federn vom Kopf herunter. Schließlich rief die Mutter zum Abendessen und Niki ging ins Haus, ohne an den Schmuck zu denken.

„Na, was habt ihr heute alles gemacht?" wollte der Vater wissen.

„Fußball gespielt", erzählte Niki. „Und Indianer. Ich mit meinem neuen Federschmuck . . . "

Der Federschmuck! Niki sprang auf. Er knallte die Wohnungstür hinter sich zu, raste zum Lift, sauste nach unten, rannte zu den Mülltonnen — und dann sah er es: Der Federschmuck war nicht mehr da. Er klingelte bei Thomas, bei Tim und Peter. Alle zuckten mit den Schultern. Zum Schluß fragte Niki den großen Bernd. Und der große Bernd grinste und knurrte: „Laß mich in Ruhe mit deinem blöden Federschmuck, du Angeber."

Niki trottete zum Lift und kehrte in die Wohnung zurück. Er mochte nichts mehr essen. Unglücklich kroch er in sein Bett. Als er am nächsten Morgen mit Thomas zur Schule ging, redete er kein Wort.

Auf dem Platz, den sie überqueren mußten, stand ein steinerner Brunnenmann mit einem Fisch in der Hand. Er stand dort seit Jahr und Tag, und niemand kümmerte sich sonst um ihn. Heute aber lachten die Leute, die vorbeikamen, denn der Brunnenmann . . .

„Thomas!" schrie Niki. „Thomas! Mein Federschmuck!"

Wahrhaftig, der Brunnenmann hatte ihn auf dem Kopf! Wie ein steinerner Häuptling stand er da. Und ein Junge war bereits dabei, zu ihm hinaufzusteigen, um sich den Federschmuck zu holen.

Doch da kam Bewegung in Niki. Flink wie ein Eichhörnchen kletterte er auf den Brunnenrand. „Das ist meiner", rief er, schnappte sich den Federschmuck und rannte mit Thomas davon.

„Das hat bestimmt der große Bernd gemacht“, ächzte Niki, als sie in Sicherheit waren.

„Weil du so angegeben hast“, meinte Thomas.

„Dieser Schuft“, sagte Niki, und dann sprach er schnell von etwas anderem.

Niki findet Pips

Eines Morgens, als Niki zur Schule gehen wollte, kam die alte Frau Martens über die Straße. Sie wohnte in dem großen Eckhaus, und Niki kannte sie schon lange. Bei ihrer ersten Begegnung war sie stehengeblieben und hatte gesagt: „Du siehst aus wie mein Enkelsohn in Amerika!" Seitdem holte sie fast immer, wenn sie Niki traf, Gummibärchen, Bonbons oder Schokolade aus der Tasche. Ihr Enkel, ihr Sohn und ihre Schwiegertochter konnten nur alle zwei Jahre nach Deutschland kommen. Die alte Frau Martens war meist allein.

Heute aber ging sie nicht allein spazieren. Jemand sprang um ihre Füße herum: Ein winziger brauner Hund! Er hatte große, dunkle Augen und langes, seidiges Fell. Als Niki stehenblieb, zerrte er an seiner Leine und kratzte mit den Pfoten an Nikis Schuhen. „Spiel mit mir", schien er zu sagen. „Komm, spiel mit mir."

„Ach, ist der niedlich!" rief Niki. „Gehört er Ihnen?"

Frau Martens nickte.

„Ich habe mir Pips gekauft, damit ich nicht mehr so einsam bin", sagte sie. „Er leistet mir in der Wohnung Gesellschaft, und wir können jeden Tag zusammen spazierengehen. Das ist ein ganz anderes Leben."

Niki hockte sich hin, um ihn zu streicheln.

„Pips", sagte er. „Pips, Pipschen". Das Hundekind kuschelte sich an seine Beine und schnappte nach seinen Fingern.

„Mit dem könnte ich stundenlang spielen", seufzte Niki. Er wünschte sich so sehr einen Hund. Aber in dem Haus, in dem er wohnte, waren Hunde verboten.

„Besuch uns, sooft du willst", sagte Frau Martens. „Du siehst ja, Pips mag dich, und ich mag dich auch. Und jetzt lauf, sonst kommst du zu spät zur Schule."

Niki dachte den ganzen Morgen an Pips, viel mehr als ans Rechnen und Schreiben. Gleich nach dem Essen klingelte er bei Frau Martens. Von da an ging er fast jeden Nachmittag zu ihr und Pips. Es dauerte nicht lange, und Pips erkannte ihn schon an den Schritten. Wenn er sie auf der Treppe hörte, stimmte er mit seiner hellen Hundekinderstimme ein Freudengeheul an, und kaum stand Niki in der Wohnung, wälzten sie sich zusammen auf dem Teppich herum.

„Das gefällt ihm", lachte Frau Martens und gab Niki ein Stück Rosinenkuchen. „So herumtoben kann ich nicht mit ihm. Na, ihr seid eben beide noch klein."

Aber eines Nachmittags hörte Niki kein Pipsgebell durch die Tür. Als Frau Martens öffnete, merkte er sofort, daß etwas passiert war.

„Wo steckt denn Pips?“ fragte er.

Frau Martens hob traurig die Schultern.

„Ich weiß es nicht. Er ist verschwunden. Heute früh habe ich die Wohnungstür aufgelassen, da ist er weggelau-

fen. Ich habe ihn schon überall gesucht. Wer weiß, wo er hingerannt ist. Hoffentlich kommt er nicht unter ein Auto. Er ist doch noch so dumm."

Frau Martens seufzte, und Niki war genauso traurig wie sie. Nicht einmal den Rosinenkuchen, den sie ihm anbot, mochte er essen. Langsam, ganz langsam ging er die Treppe hinunter. Er hatte keine Lust zum Spielen, er hatte keine Lust zum Basteln, nicht einmal fernsehen mochte er. Am nächsten Tag paßte er in der Schule so schlecht auf wie noch nie.

„Du hast heute nachmittag Spielturnen", sagte die Mutter nach dem Essen. „Beeil dich, sonst schaffst du es nicht rechtzeitig."

Niki nahm seinen Turnbeutel und ging los. Aber ihm war nicht nach Ballspielen und Purzelbäumen zumute. Er vergaß, daß er sich beeilen mußte und trödelte vor sich hin. Bei dem steinernen Brunnenmann auf dem Platz blieb er stehen. Er warf Hölzchen ins Wasser, schlug mit den Fingern Wellen und sah zu, wie seine Schiffe im Kreis herumschwammen.

Aber plötzlich hob er den Kopf. Er hörte etwas. Ein hohes Bellen, das er genau kannte! So bellte nur einer.

Niki blickte sich suchend um. Da sah er einen großen Jungen, der einen kleinen Hund hinter sich herzerrte. Und der Hund war Pips.

„Pips!" rief Niki und rannte zu ihm hin. „Pips! Da bist du ja!"

Pips stieß sein Freudengeheul aus. Er riß an der Leine und sprang an Nikis Beinen hoch.

„Laß meinen Hund in Ruhe!" schrie der große Junge Niki an.

„Das ist doch gar nicht dein Hund!" schrie Niki zurück. „Das ist doch Pips. Er gehört Frau Martens. Er ist gestern weggelaufen."

„Hau ab", sagte der Große drohend. „Sonst passiert was. Komm, Wummi."

Aber Pips kümmerte sich nicht um seinen neuen Namen. Winselnd sprang er wieder an Niki hoch, und Niki schrie: „Das ist nicht dein Hund. Du hast ihn geklaut! Das ist Pips! Der gehört nicht dir!"

Er griff nach der Leine und versuchte, sie dem Jungen aus der Hand zu zerren. Der andere zerrte ebenfalls, und Pips winselte und bellte. „Du hast ihn geklaut! Er gehört dir nicht", schrie Niki noch einmal.

Jetzt mischte sich ein Mann ein.

„Was ist denn hier los?" fragte er. „Wer hat einen Hund gestohlen?"

Niki zeigte auf Pips.

„Er gehört der alten Frau Martens! Er hat ja noch seine Marke am Halsband, mit der Adresse drauf! Da!"

In diesem Augenblick warf der andere Junge die Leine hin und machte sich aus dem Staub.

„Na also", sagte der Mann. „Dann ist ja alles in Ordnung. Dann kannst du den Hund ja nach Hause bringen."

Pips umkreiste Niki mit wilden Sprüngen. Während des ganzen Heimweges winselte, heulte und bellte er vor Glück. Als er zu Frau Martens in die Wohnung stürzte, war er heiser und so abgekämpft, daß er sich nach der Begrüßung zusammenrollte und schlief.

Frau Martens holte den ganzen großen Rosinenkuchen aus der Küche.

„Iß, Junge", sagte sie. „Iß, soviel du magst. Und erzähl mir genau, wie du Pips gefunden hast."

Niki aß erst einmal in Ruhe ein Stück Kuchen. „Also", fing er an. „Ich bin zum Spielturnen gegangen, und da ... " Erschrocken fuhr er in die Höhe.

„Ich habe ja Spielturnen", rief er. „Ich muß schnell zur Schule."

Aber dafür war es schon viel zu spät.

Niki deckt den Tisch

Niki fuhr im Lift zum zehnten Stock hinauf. Es war erst elf Uhr morgens. Meistens kam er nicht vor zwölf aus der Schule. Aber weil die Lehrerin zu einer Versammlung gehen mußte, hatte sie die Kinder früher nach Hause geschickt.

Niki war darüber noch froher als die anderen. Denn heute hatte seine Mutter Geburtstag. Gleich nach dem Essen wollten sie und Niki den Großvater vom Bahnhof abholen. Auch der Vater hatte versprochen, zum Kaffeetrinken nach Hause zu kommen. Die Mutter hatte eine Nußtorte und Apfelkuchen gebacken, und im Tiefkühlfach lag ein großes Paket Eis. Niki nahm sich vor, ganz schnell seine Schularbeiten fertigzumachen und dann nur noch ans Feiern zu denken.

Aber als er klingelte, kam die Mutter nicht an die Tür. Alles blieb still.

Sicher muß sie noch etwas einkaufen, dachte Niki,

kramte seinen Schlüssel aus dem Ranzen und ging in die Wohnung. Auf dem Küchentisch lag ein Zettel: „Bin gleich wieder da. Setz dich an die Schularbeiten."

Braucht sie mir gar nicht zu sagen, dachte Niki. Tu ich sowieso.

Er nahm sein Heft und fing an zu rechnen, ein Kästchen nach dem anderen. Und weil er weder nach rechts noch nach links guckte, nicht aus dem Fenster sah, keine Schiffchen malte und auch nicht mit seinen kleinen Autos spielte, war er schon kurz vor zwölf fertig.

Jetzt fehlte nur noch die Mutter.

Niki rannte auf den Balkon und sah auf die Straße hinunter. Die Mutter trug eine rote Jacke — war denn nirgendwo etwas Rotes zu sehen? Nein, nur helle und dunkle Gestalten bewegten sich dort unten, kein einziger roter Punkt war dabei: Und es schlug schon zwölf!

Mittagszeit ... Das brachte Niki auf einen Gedanken. Die Mutter sollte eine Extrafreude bekommen. Er wollte den Tisch decken, einen richtigen Festtagstisch, so hübsch, wie sie es immer zu seinem Geburtstag machte.

Niki überlegte kurz, was alles auf einen schöngedeckten Tisch gehört. Er nahm ein frisches weißes Tuch aus dem Schrank und breitete es sorgfältig über den Tisch — nicht so krumm und schief, wie er es sonst immer machte. Er stellte die Teller mit dem blauen Muster darauf und legte Servietten und die neuen blanken Bestecke daneben. Von dem rosa Alpenveilchen am Fenster schnitt er ein paar Blüten ab, damit schmückte er den Tisch. Zum Schluß schob er noch den kleinen silbernen Kerzenleuchter vor den Teller der Mutter.

Fein sieht das aus, dachte Niki zufrieden. Er konnte es kaum erwarten, der Mutter seine Überraschung zu zeigen. Und weil ihm der Tisch immer noch nicht schön genug war, holte er die Glasschale mit Kirschkompott aus der Küche. Die roten Kirschen auf der weißen Decke — das mußte hübsch sein!

Die Schüssel war voll bis zum Rand. Vorsichtig, Schritt für Schritt, trug Niki sie durchs Wohnzimmer. Aber gerade, als er sie auf den Tisch stellen wollte, stolperte er über die Teppichkante. Die Schüssel bekam einen Stoß, der Saft schwappte über, und ein roter Saftsee breitete sich über Decke und Servietten aus.

Niki wußte vor Schreck nicht, was er sagen sollte. Was er tun sollte, wußte er erst recht nicht. Eine schöne Überraschung! Arbeit hatte er der Mutter gemacht, weiter nichts. Ein Glück, daß sie wenigstens eine Waschmaschine ...

Die Waschmaschine! Sie stand in der Küche, und Niki wußte genau, wie sie funktionierte. Die Mutter sollte keine Arbeit haben, er konnte alles allein in Ordnung bringen. Decke und Servietten in die Waschmaschine, Waschpulver einfüllen, Tasten drücken — und schon fing die Trommel an, hin- und herzurumpeln.

Gut gemacht, dachte Niki erleichtert. Er rannte ins

Wohnzimmer zurück, um den Tisch zum zweiten Mal zu decken: Frisches Tischtuch, frische Servietten, Geschirr, Bestecke, Blumen, Kerzenleuchter. Gerade legte er noch eine Blume auf den Platz der Mutter, da hörte er sie in die Wohnung kommen.

„Mutti! Mutti!“ rief er. „Ich habe eine . . . “

Er wollte „Überraschung für dich“ sagen. Aber die drei Worte blieben ihm im Mund stecken. Denn die Mutter war bereits mitten in eine Überraschung hineingetreten:

Niki hatte die Waschmaschine nicht richtig zugemacht. Anstatt Wäsche zu waschen, plätscherte das Wasser über dem Küchenboden.

„Um Himmels willen!“ schrie die Mutter auf.

„Ich wollte doch bloß . . . !“ jammerte Niki. Er versuchte, ihr alles zu erklären. Doch sie hörte nicht zu. Sie schimpfte nur. Sie sagte, daß er ihr den Geburtstag verdorben habe. Und ob er denn nicht wüßte, daß er die Waschmaschine nicht anfassen dürfe? Und daß sie auf seine Überraschungen pfeife. Er solle verschwinden und sich nicht mehr sehen lassen.

Niki rannte in sein Zimmer und schlug die Tür hinter sich zu. So traurig wie heute war er bis jetzt nur einmal gewesen, an dem schrecklichen Tag, als er aus dem kleinen gelben Haus fortziehen mußte. Aber damals hatte die Mutter ihn getröstet. Und heute war sie schuld an seinem Unglück. Weil sie ungerecht war.

Ungerecht, heulte Niki. Ungerecht. Ungerecht. Er nahm sich vor, ihr nie wieder eine Freude zu machen. Und nie mehr nett zu sein. Und den Geburtstag wollte er auch nicht mitfeiern.

Aber wie das so ist: Drei Stunden später saß Niki doch mit am Tisch und aß Nußtorte, Apfelkuchen und Eis. Und die Mutter lachte wieder. Sie lachte ihn an und sagte: „Na, du Held.“ Niki ärgerte sich darüber. Er fand es immer noch nicht zum Lachen. Aber er war ihr nicht mehr böse.

Niki fährt mit dem Bus

Jeden Mittag, wenn die Schule aus war und Niki zusammen mit Thomas nach Hause ging, blickte er sehnsüchtig hinter den großen blauen Bussen her. Der Zweier, der Fünfer, der Sechser, einer nach dem anderen rollte vorbei. Niki beneidete die Leute, die darin saßen, und er ärgerte sich, daß er nicht mitfahren konnte. Am meisten ärgerte er sich, wenn er einen Bus der Linie acht sah. Denn der Achter hielt in der Eisenbergstraße, direkt neben der Straße, in der Niki wohnte.

„Zu blöde, daß Busfahren Geld kostet“, sagte er zu Thomas. „Und daß meine Mutter mir keins dafür gibt. Sie denkt, Laufen ist gesund. So ein Quatsch.“

Thomas nickte. „Sagt meine auch. Laß man, wir sind ja gleich zu Hause.“

„Mit dem Bus geht es aber zehnmal so schnell“, behauptete Niki. „Wenn ich Geld habe, laufe ich nicht. Dann fahre ich.“

Eines Tages war es soweit: In Nikis Hosentasche klimperten fünfzig Pfennig, genug für einen Fahrschein.

„Heute nehme ich den Bus", sagte er zu Thomas, als sie aus der Schule kamen. „Machst du mit?"

Thomas schüttelte den Kopf.

„Ich hab kein Geld. Ich würde mir auch lieber Eis dafür kaufen. Oder Kaugummi."

„Ich nicht", sagte Niki. „Ich fahre. Paß auf, ich bin viel schneller als du zu Hause und viel früher mit den Schularbeiten fertig."

Und weil gerade ein Bus an der Haltestelle stand, rannte er über die Straße, stieg ein und kaufte einen Fahrschein bei der Schaffnerin. Dann setzte er sich ans Fenster.

Fein, daß der Bus so leer ist, dachte er. Da jagt mich keiner von dem schönen Platz weg.

Er machte es sich gemütlich und sah zu, wie die Häuser und Menschen vorbeiflogen. Er beobachtete den Fahrer beim Schalten und Bremsen und die Leute beim Aus- und Einsteigen. Eine Frau trug einen kleinen Dackel unter dem Arm, einer anderen fiel die Tasche um, und ein Kohlkopf rollte den Mittelgang entlang. Ein Baby schrie, bis das Gesicht unter der blauen Mütze rot wie eine Tomate leuchtete, und ein alter Mann war vom Laufen so außer Atem, daß er kaum mit der Schaffnerin sprechen konnte. Niki fand das alles sehr interessant, eine Weile jedenfalls. Doch dann, ganz allmählich, bekam er ein seltsames Gefühl. Irgend etwas stimmte nicht. Die Straßen,

durch die er fuhr, kamen ihm so fremd vor. Kein Haus, das er kannte, kein vertrautes Geschäft, dafür aber eine lange Allee, die er noch nie gesehen hatte. Auch die Straßennamen, die die Schaffnerin ausrief, klangen ungewohnt. Und wie lange er schon unterwegs war! Mindestens ebenso lange, wie er brauchte, um zu Fuß nach Hause zu gehen.

An der nächsten Haltestelle stand Niki auf. „Wann kommt denn die Eisenbergstraße?" fragte er die Schaffnerin.

„Eisenbergstraße?" Die Schaffnerin sah ihn erstaunt an. „Wir fahren nicht zur Eisenbergstraße."

„Ist das hier denn nicht die Linie acht?" rief Niki.

„Acht? Aber nein! Das ist die fünf! Wolltest du etwa

mit der acht fahren? Da bist du in den falschen Bus gestiegen."

Niki brachte vor Schreck kein Wort heraus.

„Wenn du in die Eisenbergstraße willst", sagte die Schaffnerin, „dann mußt du wieder zurücklaufen, immer geradeaus bis zu der großen Ampelkreuzung. Oder hast du Geld für einen neuen Fahrschein?"

Niki schüttelte den Kopf. Er hoffte, die Schaffnerin würde ihn bis zur Endstation mitnehmen und dann wieder zurückfahren lassen. Aber so nett war sie leider nicht. „Du hast ja junge Beine", sagte sie nur, und als der Bus hielt, stieg er aus. Endlos lag die Straße vor ihm. Weit, ganz weit hinten, mußte die Ampelkreuzung sein, mit dem Supermarkt, der Reinigung, der Apotheke, der Bank und dem Blumengeschäft. Niki trabte los, den ganzen langen Weg zurück. „Blöder Bus", schimpfte er vor sich hin. Aber das brachte ihn auch nicht schneller vorwärts.

Als er endlich in die Eisenbergstraße einbog, knurrte sein Magen so laut wie ein hungriger Hund. Und was am schlimmsten war: Vor der Haustür traf er Thomas!

Niki wollte sich an ihm vorbeidrücken, aber Thomas hielt ihn fest.

„Wo kommst du denn her?" fragte er. „Ich bin schon fertig mit Schularbeiten. Hast du Zeit zum Spielen?"

„Laß mich in Ruhe", fauchte Niki und lief zum Lift.

Von diesem Tag an war er böse auf sämtliche Busse, vor allem auf die Linie fünf.

Niki will Geld verdienen

Niki saß in seinem Zimmer und machte Schularbeiten. Drei Kästchen Rechnen hatte er aufbekommen und eine ganze Seite schreiben. Das dauerte eine Ewigkeit.

Immer diese Schularbeiten, dachte er und knallte das Rechenheft auf den Tisch. Heute werde ich überhaupt nicht fertig. Ohne Schularbeiten wäre die Schule viel schöner.

Aber schließlich hatte er es doch geschafft. Erleichtert schob er Bücher und Hefte beiseite. Gerade überlegte er, ob er ein Schiff bauen oder auf dem Hof spielen sollte, da kam die Mutter ins Zimmer.

„Ich habe heute so viel zu tun, Niki", sagte sie. „Geh doch schnell los und hol Milch. Und vielleicht kannst du mir hinterher beim Abtrocknen helfen?"

Das paßte Niki überhaupt nicht.

„Ich will mir doch ein Schiff bauen", rief er. „Und es ist sowieso schon so spät."

„Das Schiff läuft dir nicht weg", sagte die Mutter. „Aber wenn ich keine Milch habe, kann ich keinen Pudding kochen."

Niki war etwas eingefallen. Er überlegte einen Augenblick, dann sagte er: „Gut. Wenn ich dreißig Pfennig bekomme, helfe ich dir."

„Dreißig Pfennig?" Die Mutter sah ihn erstaunt an. „Wieso denn? Das sind ja ganz neue Sitten."

„Das sind moderne Sitten", erklärte Niki. „Das hat mir Bernd gesagt. Bernd bekommt auch Geld für's Helfen von seiner Mutter. Schulkinder haben nicht soviel Zeit, daß sie alles umsonst tun können."

„So, so“, sagte die Mutter. „Na schön. Wenn du meinst, führen wir ab heute moderne Sitten bei uns ein.“

Jetzt hatte Niki es eilig. Er rannte los und kam doppelt so schnell wie sonst mit der Milch zurück. Er trocknete ab, stellte sogar das Geschirr vorschriftsmäßig in den Schrank und trug freiwillig den Mülleimer hinaus. Dann hielt er die Hand hin, um seine dreißig Pfennige zu kassieren.

„Ich mach's doch sehr billig, findest du nicht auch?“ fragte er die Mutter.

„Möglich“, sagte sie. „Ich weiß mit diesen Preisen noch nicht so richtig Bescheid.“

Sie sah nicht gerade begeistert aus. Niki aber war zufrieden. Er beklebte die rote Blechschachtel, in der er bis jetzt seine Briefmarken aufgehoben hatte, mit einem Zettel und schrieb mit großen Buchstaben KASSE darauf. Während er das Geld in die Schachtel legte, rechnete er aus, wieviel er in einer Woche verdienen könnte. Wenn er sich anstrengte, war es eine ganze Menge, mindestens genug für ein kleines Auto oder ein Mickymausheft. Und anstrengen wollte er sich! Gleich am Abend bot er der Mutter an, den Tisch zu decken — für zehn Pfennig, nicht mehr, nicht weniger.

„Ginge es nicht ohne Geld?“ fragte die Mutter. „Schließlich sind wir eine Familie.“

Niki schüttelte den Kopf.

„Leider nicht. Aber für zehn Pfennig mach ich es jeden Abend.“

Beim Essen erfuhr auch der Vater, welche neuen Sitten Niki eingeführt hatte.

„Na, das wird ja ein teurer Spaß“, sagte er. „Hoffentlich reicht unser Geld. Übrigens, kostet es was, wenn du mir Salz holst? Dann gehe ich nämlich lieber selbst in die Küche.“

„Ach, Unsinn“, rief Niki und sprang auf, und weil er zeigen wollte, daß er nicht unverschämt war, half er ganz umsonst beim Abtrocknen.

Vor dem Zubettgehen mußte er wie jeden Abend seinen Ranzen packen. Das tat er sehr ungern, weil er meistens irgend etwas, das hineingehörte, nicht finden konnte. Entweder fehlte ein Heft oder der Federhalter oder die Schachtel mit den Buntstiften fehlte. Diesmal war es das Rechenbuch. Niki kroch im Zimmer herum und fand es schließlich unter dem Bett. Daneben lag sein kleiner blauer Bagger, an dem das linke Rad lose hing. Niki versuchte, es zu befestigen — eine mühselige Arbeit. Er merkte kaum, wie die Mutter den Kopf durch die Tür steckte.

„Du mußt noch deine Schuhe putzen“, mahnte sie.

„Gleich“, murmelte Niki und vergaß es wieder. Erst im Bett fielen ihm die Schuhe wieder ein. Aber da schlief er schon fast.

Am nächsten Morgen standen die Schuhe mit ihren dikken Schmutzkrusten in der Ecke. Und es war schon so spät!

„Mit solchen Schuhen kannst du nicht losgehen", sagte die Mutter.

„Ich schaffe es doch nicht mehr!" rief Niki. „Kannst du sie mir nicht putzen?"

„Gewiß", nickte die Mutter. „Wenn du mir zwanzig Pfennig gibst."

Niki sah sie verblüfft an.

„Warum denn? Du hast es doch immer gemacht!"

„Immer umsonst, meinst du", sagte die Mutter. „Aber das ist vorbei. In Zukunft mußt du meine Hilfe bezahlen. Denkst du etwa, Mütter können alles umsonst tun?"

Niki fiel keine Antwort ein. Erstens, weil er so erstaunt war, zweitens, weil er keine Zeit hatte. Es blieb ihm nichts anderes übrig: Er mußte der Mutter zwanzig Pfennig geben.

„Das hätte ich nicht von dir gedacht", schimpfte er, als er das Geld aus der Kasse holte.

„Wieso?" wunderte sich die Mutter. „Du hast diese modernen Sitten doch selbst bei uns eingeführt. Na, wir unterhalten uns beim Mittagessen noch darüber. Jetzt mußt du laufen."

Aber Niki fing mittags nicht wieder davon an. Er hatte sich auf dem Heimweg ausgerechnet, daß die Mutter bei dieser neuen Methode viel mehr Geld von ihm bekommen würde als er von ihr. Deshalb beschloß er, lieber umsonst Milch zu holen, abzutrocknen und den Tisch zu decken. Das war immer noch am günstigsten.

Niki und das fremde Auto

„Aufstehen, Niki!“ rief die Mutter und zog die Rolläden hoch. „Aufstehen. Der Tag fängt an.“

Sie setzte sich zu ihm ans Bett und kraulte seinen Kopf.

„Es ist kurz vor sieben. Du weißt doch, bis zur Schule mußt du zwanzig Minuten laufen. Beeil dich, sonst kommst du zu spät.“

Sie ging in die Küche, um das Frühstück vorzubereiten. Niki döste noch eine Weile vor sich hin. Er rieb sich gründlich die Augen, kroch aus dem Bett und sah im Zimmer umher. Auf dem Tisch lag ein halbfertiges Puzzle. Zufällig entdeckte er zwei Teilchen, nach denen er am Tag zuvor lange gesucht hatte. Er legte sie an die richtige Stelle und hielt nach einem dritten Ausschau. Dann trottete er ins Badezimmer.

Inzwischen war es zehn nach sieben geworden. Niki erschrak, als er auf die Uhr sah, die die Mutter jeden Morgen extra für ihn unter den Spiegel stellte. Er nahm sich fest vor, nicht mehr zu trödeln. Aber beim Zähneputzen vergaß er es schon wieder. Er spielte mit der Zahnbürste Schiffchen und machte beim Händewaschen Seifenschaum so dick wie Schlagsahne. Die Mutter wummerte an die Tür, da fiel ihm die Uhr wieder ein. Die Zeiger standen auf fünf vor halb acht!

„Ich beeil mich ja!“ rief er und verschwand in seinem Zimmer, um sich anzuziehen. Unter seiner Hose lag das kleine rote Auto, das er am Abend vermißt hatte. Und weil er unbedingt probieren mußte, ob es noch ebenso schnell wie gestern über den Fußboden rollte, saß er erst fünf nach halb acht beim Frühstück.

„Na, mir ist es egal“, sagte die Mutter. „Von mir aus komm zu spät zur Schule. Du kannst ja deiner Lehrerin erzählen, wie du getrödelt hast.“

Niki stopfte seine Semmel in den Mund, schüttete die

Milch hinterher, nahm seinen Ranzen und machte sich auf den Weg. Hoffentlich kommt der Lift gleich, dachte er. Aber der Lift ließ nicht nur eine Ewigkeit auf sich warten, er hielt auf der Fahrt nach unten auch noch zweimal an. Auf der Straße hörte Niki die große Turmuhr gerade dreiviertel acht schlagen.

Jetzt fing er an zu rennen. Er rannte über die Straße, über den Platz mit dem steinernen Brunnenmann, er rannte und rannte, bis er Seitenstiche bekam. Keuchend blieb er stehen. Er konnte es nicht mehr schaffen, bestimmt nicht. Er kam zu spät.

In diesem Augenblick hielt ein Auto neben ihm. Ein Mann beugte sich heraus.

„Na, Kleiner, hast du es eilig?" fragte er. „Soll ich dich zur Schule fahren?"

Der Mann war ungefähr so alt wie Nikis Vater. Er hatte eine Brille auf und einen grauen Anzug an und lächelte freundlich. Und das Auto, in dem er saß, war sogar ein Mercedes!

Hab ich ein Glück, dachte Niki. Erleichtert ließ er sich auf den Beifahrersitz fallen und erklärte den Weg: „Geradeaus, und dann gleich rechts um die Ecke. Das große rote Haus ist unsere Schule."

„Okay", nickte der Mann. Er gab Gas und fuhr los, immer geradeaus.

„Rechts!" rief Niki. „Rechts abbiegen!"

„Ach, da habe ich nicht aufgepaßt", sagte der Mann.

„Na, es kommt ja gleich wieder eine Kreuzung. Keine Sorge, wir schaffen es schon." Aber an der nächsten Kreuzung fuhr er ebenfalls vorbei.

„Abbiegen!" rief Niki. „Abbiegen!"

Diesmal antwortete der Mann nicht. Er hielt das Steuer in den Händen und tat, als sei Niki nicht mehr da. Er lächelte auch nicht mehr. Er hatte ein ganz anderes Gesicht bekommen, eins, vor dem Niki sich fürchtete. Und plötzlich sah er seine Mutter vor sich und hörte ihre Stimme. „Steig nie in ein fremdes Auto", sagte diese

Stimme. „Es gibt böse Menschen, die Kinder an sich heranlocken. Und wenn ein Kind mit so einem Menschen mitfährt, kann es passieren, daß es nie wieder nach Hause zurückkommt. Schon viele Kinder sind mit irgendeinem Fremden mitgegangen oder mitgefahren, und später hat man sie tot im Wald gefunden."

Niki starrte den fremden Mann neben sich an. Ob der so einer war? Er hatte doch einen guten Anzug an und hatte freundlich gelacht und saß in einem Mercedes! „Halt!" schrie Niki. „Halt! Ich muß zur Schule. Lassen Sie mich raus!"

„Sei still", sagte der Mann. „Wir fahren jetzt erst mal woanders hin. Ich zeig dir was Schönes."

„Nein!" schrie Niki. „Nein! Ich will aussteigen."

Er spürte eine furchtbare Angst. Noch nie hatte er solche Angst gehabt.

„Halt!" schrie er. „Halt! Halt! Halt!"

„Wirst du wohl still sein", fuhr der Mann ihn an. „Soll ich dir den Mund zubinden?"

Das hätte er nicht sagen dürfen. „Mund zubinden" — diese Worte erinnerten Niki an etwas. Er hatte vor kurzem einen Fernsehwestern gesehen, in dem die Banditen eine Frau gefesselt und ihr einen Knebel in den Mund gesteckt hatten. Ächzend und stöhnend war sie liegengeblieben, und daran mußte Niki denken, als er „Mund zubinden" hörte. Seine Angst wurde noch größer. Sie drehte sich wie eine Schraube in seinem Kopf.

Der Mann verlangsamte jetzt das Tempo, weil sich ein Lieferwagen vorgeschoben hatte. Niki merkte es nicht. „Halt!" schrie er nur immer weiter. „Halt! Halt! Halt!" Und dann griff er nach dem Steuer. Mit aller Kraft klammerte er sich daran fest, warum, wußte er nicht. Er wollte nur etwas tun.

„Loslassen!" brüllte der Mann. „Loslassen!" Er gab Niki einen Stoß, daß er zur Seite flog. Aber gleichzeitig kam das Auto ins Schleudern. Im Zickzackkurs kreuzte es die Fahrbahn und fuhr auf den Bürgersteig. Haarscharf vor einem Schaufenster blieb es stehen.

Im Nu war der Wagen von Menschen umringt. Der Mann packte Nikis Handgelenk. „Wenn du ein Wort sagst, schlag ich dich tot", zischte er. Dann kurbelte er das Fenster nach unten.

„Ist ja nichts passiert!" rief er. „Lassen Sie mich weiterfahren."

„Weiterfahren? Der spinnt wohl", sagte jemand, und eine Frau rief aufgebracht: „Der hätte uns ja alle totfahren können. Wahrscheinlich ist er betrunken. Wo ist denn die Polizei?"

Da hielt schon ein Streifenwagen mit zwei Polizisten.

„Was ist denn hier los?" fragte der eine und öffnete die Autotür. „Steigen Sie doch mal aus."

Als Niki die Polizisten sah, fing er an zu schreien.

„Er hat mich mitgenommen", schrie er. „Ich will raus. Ich will in die Schule. Ich will nach Hause."

Er fing an zu weinen vor Aufregung und Angst. Er konnte kaum etwas Vernünftiges sagen. Erst allmählich begriffen die Polizisten, was geschehen war.

„Der Bengel lügt!" rief der Mann. „Der lügt wie gedruckt. Das merkt doch jeder."

Aber niemand glaubte ihm, weder die Leute rundherum noch die Polizisten. Er mußte sich in den Streifenwagen setzen, und die Polizisten fuhren mit ihm davon.

Niki sah ihm nach. Er konnte es noch nicht ganz begreifen. Erst die schreckliche Angst — und plötzlich war alles vorbei. Nein, er konnte es wirklich nicht begreifen.

Ein dritter Polizist, der inzwischen gekommen war, brachte ihn nach Hause.

„Du hast vielleicht Glück gehabt, Junge", sagte er. „Junge, wenn du nicht so ein Glück gehabt hättest . . . "

Niki dachte an die Fahrt im Auto, an das Gesicht des fremden Mannes, an die Worte der Mutter, die ihm plötzlich eingefallen waren.

„Hast du vielleicht ein Glück gehabt", sagte der Polizist zum dritten Mal.

Niki und der starke Bernd

Schon lange hatte Niki auf Schnee gewartet. Jeden Morgen war er ans Fenster gerannt, und jeden Morgen hatte er enttäuscht gerufen: „Immer noch nicht!" Aber an einem Dezembersonntag war es endlich soweit: Dicke Schneeflocken schwebten durch die Luft, dicht wie ein Vorhang. Eine setzte sich auf die andere, und schon nach ein paar Stunden waren Fensterbretter, Zäune und Dächer weiß verpackt.

Niki zog seinen Anorak an.

„Ich geh mal runter und seh nach, ob man rodeln kann", sagte er.

„Setz deine Mütze auf!" rief die Mutter aus der Küche. „Und zieh die hohen Stiefel an."

Für die Stiefel hatte Niki es viel zu eilig. Er stülpte sich nur rasch seine rote Mütze über die Ohren. Dann rannte er zum Lift, um vom zehnten Stock nach unten zu sausen.

Es schneit, dachte er, es schneit, es schneit, es schneit! Und er freute sich wie ein Schneekönig.

Aber kaum war er auf dem Hof, da verging ihm die Freude. Dort unten nämlich lauerte der große Bernd. Und Bernd war nicht nur groß, er war auch stark. Außerdem war er feige. Um größere Jungen schlug er einen Bogen. Die Kleineren dagegen hatten bei ihm nichts zu lachen. Er schubste und knuffte sie, nahm ihnen ihr Spielzeug weg, jagte sie vom Hof und machte mit ihnen, was er wollte. Niki verdrückte sich nach Möglichkeit, wenn der große Bernd auftauchte. Doch heute war es zu spät. Bernd stand neben der Haustür und hielt einen dicken Schneeklumpen in der Hand. Damit fiel er über Niki her. Er rieb ihm das Gesicht mit Schnee ein, er riß ihm die Mütze ab und drückte ihm Schnee in die Haare. Niki trat ihn gegen das Schienbein — vergebens. Der große Bernd steckte ihm trotzdem noch eine Handvoll Schnee in den Kragen. Erst dann ließ er Niki los und verschwand pfeifend um die Ecke.

„Gemeiner Hund! Mistkerl!" schrie Niki hinter ihm her. Seine Augen, die Nasenlöcher, der Mund, alles war voll Schnee. Und der Rücken pitschnaß! Er versuchte, die feuchten, tauenden Klumpen mit der Hand herauszuangeln, aber sie saßen viel zu tief.

Von Nikis Freude war nichts mehr übriggeblieben. Erbost stieß er mit dem Schuh in die weiße Schneedecke vor seinen Füßen, hob die Mütze auf und wollte nach Hause gehen. Da stürzte Thomas um die Ecke. Und Thomas heulte laut.

„Dieser gemeine Bernd“, heulte er. „Der hat mir eine ganzen Haufen Schnee in den Rücken gestopft.“

„Mir auch“, rief Niki. „So ein Schuft.“

„Und bei uns ist niemand zu Hause“, heulte Thomas. „Ich kann mich nicht mal umziehen, und alles ist naß.“

„Komm mit zu uns“, sagte Niki. „Meine Mutter gibt dir trockene Sachen.“

Schimpfend liefen sie ins Haus. Als sie auf den Lift warteten, kam Peter die Treppe herunter. Peter war erst fünf Jahre alt. Er ging noch nicht einmal zur Schule.

„Wißt ihr, was der Bernd gemacht hat?“ zeterte er. „Der hat mir Schnee in den Rücken gesteckt. Und das Gesicht mit Schnee eingerieben. Ich hab mich ganz neu anziehen müssen. Der ist ein Ekel. Und so stark!“

„Mit uns hat er das auch gemacht“, sagte Niki wütend. „Der ist ein Mistvieh. Dem müßten wir's mal zeigen.“

„Wie denn?“ fragte Thomas. „Der ist ja viel stärker als wir.“

„Wenn wir ihm zu dritt auflauern“, sagte Niki. „Dann sind wir stärker.“

„Drei gegen einen ist feige. Das macht man nicht.“

Doch da wurde Niki noch wütender.

„Blödsinn!“ rief er. „Das ist nicht feiger, als wenn der große Bernd allein auf einen Kleinen losgeht. Wollt ihr euch von dem alles gefallen lassen?“

Die beiden anderen schüttelten die Köpfe und sagten, daß sie die Nase voll hätten. Und daß sie es dem ekelhaften Bernd sehr gern mal zeigen würden.

„Na los, dann kommt“, sagte Niki.

Vorsichtig schlichen sie auf den Hof, drückten sich gegen die Kellertür und warteten. Jeder hielt einen dicken Schneeball in der Hand.

Es dauerte nicht lange, da kam der große Bernd angeschlendert. Schon von weitem hörten sie ihn pfeifen. Wahrscheinlich hielt er wieder Ausschau nach jemandem, dem er Schnee in den Rücken stecken konnte. Aber diesmal hatte er Pech. Als er nahe genug an der Kellertür war, stürzten sich die drei mit Gebrüll auf ihn. Thomas und Peter klammerten sich so fest an seine Arme, daß er sich nicht mehr wehren konnte, und Niki stopfte ihm zwei dicke Schneebälle hinter den Kragen. Den dritten, den er noch hineinstopfen wollte, behielt er leider in der Hand, denn der große starke Bernd riß sich los und rannte davon.

„Feigling! Feigling! Feigling!“ schrien Niki, Thomas und Peter ihm nach und tanzten durch den Schnee. Vor Freude, daß sie es ihm endlich einmal gezeigt hatten, vergaßen sie sogar ihre nassen Rücken und fingen an, einen Schneemann zu bauen.

Nur der kleine Peter machte ein besorgtes Gesicht. „Hoffentlich verprügelt er mich nicht, wenn er mich mal allein erwischt“, jammerte er.

Aber der große Bernd ließ von diesem Tag an Niki, Thomas und Peter in Ruhe. Wahrscheinlich hatte er begriffen, daß drei Kleine, die sich einig sind, sogar mit einem viel Stärkeren fertigwerden.

Niki reist zum Großvater

Endlich war der letzte Schultag vor den Weihnachtsferien zu Ende, und die Kinder konnten nach Hause gehen. Alle freuten sich, aber Niki freute sich doppelt: Erstens auf den Weihnachtsabend, und zweitens auf die Zeit beim Großvater. Denn diesmal kam der Großvater nicht nur angereist, um Weihnachten zu feiern. Am zweiten Festtag, wenn er wieder abfahren würde, wollte er Niki mitnehmen! Nach Seising, dem Dorf in den Bergen, wo er wohnte.

„Dort sind überall Rodelbahnen", erzählte Niki seinem Freund Thomas. „Von morgens bis abends kann man Schlittenfahren, jeden Tag woanders. Und ganz viel Schnee liegt in Seising, viel mehr als hier."

„Toll", sagte Thomas. „Schade, daß ich nicht solchen Opa habe."

Zu Hause stand die Mutter in der Küche und machte ihr Kummergesicht.

„Ist was passiert, Mutti?“ erkundigte sich Niki. „Du guckst ja so komisch.“

„Opa hat geschrieben“, sagte die Mutter.

„Wann kommt er denn?“ fragte Niki.

Die Mutter seufzte.

„Überhaupt nicht. Er schreibt, sein Freund, der Herr Moshammer, ist krank. Er muß sich um ihn kümmern, weil Herr Moshammer ganz allein ist und niemanden hat, der für ihn sorgt. So, nun weißt du's.“

Niki sagte zuerst gar nichts. Es dauerte eine Weile, bis er die Neuigkeit begriffen hatte. Dann fragte er leise: „Und ich?“

Die Mutter seufzte noch einmal. „Du mußt hierbleiben. Ich habe in der Woche nach Weihnachten beim besten Willen keine Zeit, dich hinzubringen. Es wird auch zu teuer. Wir haben schon viel zu viel Geld ausgegeben.“

„Und Vati? Kann der nicht mit dem Auto . . . ?“

„Auf keinen Fall“, sagte die Mutter. „Der Wagen muß gleich nach Neujahr in die Werkstatt. Mit dem Motor ist irgend etwas nicht in Ordnung, und so eine lange Fahrt hält er wahrscheinlich gar nicht durch.“

„Ich will nicht hierbleiben“, jammerte Niki. „Ich will beim Opa rodeln! Ich kann doch allein hinfahren!“

„Das meint Opa auch“, sagte die Mutter. „Aber die Fahrt dauert über zwei Stunden. Ich finde, dafür bist du noch zu klein.“

„Ich und zu klein?“ rief Niki empört. „Ich werde doch

bald sieben! Ich kann doch allein im Zug sitzen! Meinst du, ich gehe mit irgend jemandem mit? Laß mich doch fahren!"

Die Mutter schüttelte den Kopf und sagte: „Nein, nein, kommt nicht in Frage."

Aber Niki steckte sich am Abend hinter den Vater, und der Vater fand, Niki sei wirklich kein Baby mehr. So eine kurze Reise könne er ruhig allein machen. Die Mutter dürfe nicht so ängstlich sein.

„Der Junge muß doch selbständig werden", sagte er, und Niki hüpfte von einem Bein aufs andere und rief: „Papa hat recht, Papa hat recht."

„Na schön", seufzte die Mutter schließlich. „Gegen euch komme ich doch nicht an. Macht, was ihr wollt."

Und so kam es, daß Niki am zweiten Weihnachtstag im Zug saß, um nach Seising zu fahren.

Der Vater und die Mutter hatten ihn ins Abteil gebracht.

„Hoffentlich geht alles gut", sagte die Mutter sorgenvoll. „Vergiß nicht, die Stationen zu zählen. Die elfte ist Seising, dort mußt du aussteigen. Denkst du daran?"

„Nein, ich bleibe sitzen", grinste Niki, und der Vater lachte: „Paß auf, er fährt nicht nach Seising, er fährt nach Amerika. Komm, wir müssen raus, sonst reisen wir noch mit."

Niki stellte sich ans Fenster und winkte, während der Zug langsam aus dem Bahnhof hinausrollte. Die Mutter ließ ein weißes Taschentuch flattern. Es wurde kleiner, immer kleiner, und schließlich verschwand es ganz.

Niki ließ sich auf seinen Platz fallen.

Ich fahre nach Seising, dachte er stolz. Ganz allein! Ich bin wirklich schon groß.

Außer ihm saß nur noch ein Herr im Abteil. Er versteckte sich hinter seiner Zeitung und sah Niki kaum an. Niki war froh darüber. Er wollte nicht, daß sich irgendein Erwachsener um ihn kümmerte. Mit einem Bonbon im Mund lehnte er sich in die Ecke und versuchte, in seinem neuen Donald-Duck-Heft zu lesen. Aber er hatte nicht die rechte Ruhe, weil er die Stationen zählen mußte. Der Zug hielt zum ersten Mal, zum zweiten Mal, die dritte Station kam, die vierte, die fünfte. Immer aufgeregter rutschte Niki hin und her. Er konnte es kaum noch aushalten vor Ungeduld. Die sechste, die siebente, die achte Station. Nahm diese Reise nie ein Ende? Und ob der Großvater schon am Bahnsteig wartete? Die neunte, die zehnte — und dann, ganz kurz danach, die elfte. Seising!

Niki fuhr auf, zog den Anorak an, schnappte seinen kleinen Koffer und sprang aus dem Zug.

„Da bin ich, Opa", wollte er rufen. Aber kein Großvater stand auf dem Bahnsteig.

Komisch, dachte Niki. Er ist doch sonst immer so pünktlich. Suchend sah er sich um. Der Bahnhof war ganz anders, als er ihn in Erinnerung hatte. Einsam lag er zwischen verschneiten Wiesen. Ein paar Gleise, ein kleines

Haus waren zu sehen, sonst nichts. Und plötzlich entdeckte Niki etwas Schreckliches: Auf dem weißen Stationsschild stand nicht SEISING, sondern DIESING. Niki hatte sich verzählt und verguckt. Er war eine Station zu früh ausgestiegen.

Vor Schreck bekam er einen Schluckauf. Hastig griff er nach seinem Koffer, um wieder in den Zug zu springen.

Doch der war schon angefahren und rollte weiter. Nach Seising, wo der Großvater wartete.

Da stand Niki mit seinem Koffer und wußte nicht, was er tun sollte. Beinahe hätte er losgeheult. Aber gerade noch rechtzeitig fiel ihm ein, daß er schon groß genug war, um allein zu verreisen, und anstatt zu heulen, dachte er nach.

Ich muß fragen, wann der nächste Zug fährt, dachte er. Und dann muß ich telefonieren, damit der Opa Bescheid weiß.

Er rannte in den Schalterraum und bekam zum zweiten Mal einen Schreck. Denn hinter dem Glasfenster saß kein Eisenbahner in blauer Uniform. Dort baumelte nur ein Schild: AN SONN- UND FEIERTAGEN GESCHLOSSEN! Niemand war zu sehen, den Niki hätte fragen können, und auf dem Fahrplan an der Wand fand er sich nicht zurecht.

Niki wurde immer ratloser. Wo sind denn hier bloß die Leute, dachte er und ging auf die Straße. Um den Bahnhof herum war es menschenleer. Aber nicht weit entfernt lag ein Haus. Autos parkten davor, und neben der Tür hing eine Eisfahne. Es mußte eine Gastwirtschaft sein.

Mit seinem Koffer rannte Niki los, in die Wirtschaft hinein und zur Theke, wo der Wirt Bier ausschenkte.

„Mein Opa“, sagte er. „Mein Opa . . . “ Er konnte nicht weiter sprechen. Alle Leute rundherum starrten ihn an, das brachte ihn durcheinander.

„Na, was ist denn mit deinem Opa los?“ fragte der Wirt.

„Er steht in Seising auf dem Bahnhof“, sagte Niki verzweifelt. „Und ich bin hier ausgestiegen.“

„Bist du denn ganz allein unterwegs?“ fragte der Wirt. „So ein kleiner Bursche?“

Niki nickte. „Und mein Opa weiß doch nicht, daß ich hier bin. Gibt es in Seising ein Telefon? Oder ist der Bahnhof dort auch zu? Weil Feiertag ist?“

Der Wirt lachte, die anderen Leute lachten, nur Niki lachte nicht. Er fing beinahe an zu weinen. Doch da griff der Wirt schon zum Telefonhörer. „Seising ist groß“, sagte er. „Da ist der Bahnhof nicht geschlossen. Bahnhof Seising? Seht doch mal nach, ob bei euch ein Opa wartet. Auf seinen Enkel — wie heißt du? — Niki heißt er. Da, Niki, dein Opa steht gerade am Schalter. Sprich selbst mit ihm.“

„Opa!“ rief Niki, und dann wurde alles gut. Denn Seising war nur fünf Kilometer entfernt. Der Großvater sagte, daß sein Nachbar ihn mit dem Auto zum Bahnhof gefahren habe, und daß sie gleich nach Diesing kommen und Niki abholen würden.

Jetzt lachte Niki wieder. Auch die anderen Leute lachten, aber das störte ihn nicht mehr.

„Setz dich hin“, sagte der Wirt und gab ihm eine Limonade. „Du bist in Ordnung! Du weißt dir wenigstens zu helfen.“

Niki lernt Ski fahren

Beim Großvater feierte Niki zum zweiten Mal Weihnachten. Das kleine weißgetünchte Haus lag an einem Hang zwischen den Bergen. Es hatte keine Zentralheizung, kein blitzendes Badezimmer. Nicht einmal warmes Wasser kam aus der Leitung. Aber in der Wohnstube stand ein großer, runder, blauer Kachelofen mit einer Bank drumherum, das gefiel Niki.

Dort im Wohnzimmer war der Weihnachtsbaum geschmückt. Er hing voll goldener und silberner Kugeln, und unter ihm lag das Geschenk: Ein Paar feuerrote Ski!

„Ski!" brüllte Niki und tanzte durch das Zimmer. „Ski! Ski! Ski!"

Am liebsten hätte er sie gleich an seinen Schuhen befestigt und wäre über den Teppich gerutscht, so sehr freute er sich. Dicht beim Großvaterhaus begannen die Skihänge. Niki hatte oft zugesehen, wie die Skifahrer mit dem Lift hinaufgefahren und wieder hinuntergeflitzt waren. Das möchte ich auch, hatte er jedesmal gedacht, das möchte ich auch. Und jetzt lagen Ski unter dem Weihnachtsbaum!

Voll Ungeduld wartete Niki auf den nächsten Tag, und gleich nach dem Frühstück zog er los. Der Großvater ging mit ihm zu einem kleinen Hügel, auf dem lauter Anfänger herumrutschten. Er half ihm, die Ski an den Stiefeln festzumachen, gab ihm die Stöcke in die Hand und sagte: „Nun fang an."

Niki versuchte einen Schritt — und bums, lag er im Schnee.

„Das gehört dazu", sagte der Großvater und zeigte ihm, wie man mit den Brettern an den Füßen aufstehen muß. Aber kaum hatte Niki sich hochgerappelt, lag er schon wieder auf dem Rücken, die Beine in der Luft wie ein Maikäfer. Und so ging es weiter.

Nach einer Weile hatte Niki genug davon. „Das macht keinen Spaß", jammerte er. „Ich hab keine Lust mehr."

Der Großvater nickte.

„In Ordnung. Komm, wir gehen nach Hause. Vielleicht kauft Christians Vater uns die Ski zum halben Preis ab, dann kannst du das Geld haben."

Christian war der Nachbarssohn, und daß er die Ski bekommen sollte, paßte Niki erst recht nicht. Lieber versuchte er es noch einmal. Er schimpfte und knurrte, fiel hin, stand auf, fiel wieder hin, schimpfte noch lauter. Endlich, als die Mittagsglocke läutete, hatte er es geschafft: Er konnte auf den Brettern stehen und sich vorwärts bewegen.

„Jetzt essen wir erst mal etwas", sagte der Großvater. „Und dann mußt du lernen, den Hügel hinunterzurutschen. Das heißt, wenn du Lust hast."

Niki stöhnte. Er konnte sich schon denken, was ihn erwartete. Und wirklich, am Nachmittag ging es von vorn los: Ein Stückchen rutschen — schon lag er im Schnee. Aufstehen, rutschen — bums, da lag er wieder.

„Das ist scheußlich", rief er. „Ich will nach Hause."

Der Großvater zeigte auf einen benachbarten Hang, von dem die Skifahrer in ihren roten, gelben und blauen Anoraks zu Tal glitten.

„Sieh dir die an", sagte er. „Ist doch schön, oder?"

„Die können es ja auch", knurrte Niki. „Und ich kann's nicht."

„Die haben es ebensowenig gekonnt wie du", sagte der Großvater. „Die haben alle mal angefangen und sind hundertmal hingefallen. Und wenn sie jammernd nach Hause gegangen wären, könnten sie jetzt nicht so flitzen."

„Hm", machte Niki und blickte auf die langen roten Bretter an seinen Füßen. Dann stellte er sich zurecht, preßte die Lippen zusammen und rutschte los. Er fiel hin, stand auf, versuchte es wieder, fiel hin, stand auf, rutschte — und plötzlich geschah ein Wunder: Er fiel nicht mehr! Ohne zu wackeln glitt er den Hügel hinab, ohne hinzufallen kam er unten an.

„Bravo!“ rief der Großvater. „Gut! Gleich noch mal!“

Niki kraxelte den Hügel hinauf und fuhr wieder los. Auch diesmal landete er nicht im Schnee. Er hatte es geschafft.

Jetzt schimpfte er nicht mehr, jetzt freute er sich nur noch.

„Das macht Spaß!“ rief er. „Das ist toll. Das ist noch viel schöner als rodeln!“

Inzwischen war die Dämmerung eingefallen. Es begann zu schneien, kleine, feste Flocken. Der Tag war vorbei. Im Schneegestöber stapften der Großvater und Niki heim. Vor dem Zaun am Großvaterhaus häuften sich dicke weiße Wälle, und das Dach, das im Sommer rot leuchtete, war ebenfalls weiß. Aber der Schornstein rauchte und erzählte von dem warmen Kachelofen in der Wohnstube.

Bevor Niki ins Haus ging, drehte er sich noch einmal nach den Bergen um, die schon fast von der Dämmerung verschluckt wurden.

„Morgen übe ich wieder“, sagte er. „Und übermorgen gehe ich ein Stück höher hinauf. Und nächste Woche fahre ich von dem allerhöchsten Berg hinunter.“

„Vielleicht“, sagte der Großvater. „Aber jetzt essen wir erst einmal eine heiße Suppe. Das haben wir verdient.“

Niki vergißt seinen Schlüssel

Niki war wieder zu Hause.

Nach dem Mittagessen zog die Mutter ihre rote Jacke an. „Hör zu, Niki", sagte sie. „Ich muß dich eine Weile allein lassen. Ich habe eine Menge einzukaufen, das dauert bestimmt zwei Stunden. Setz dich gleich an deine Schularbeiten, dann bist du frei und kannst spielen. Aber vergiß den Schlüssel nicht, wenn du nach draußen gehst."

Niki sah aus dem Fenster.

„Es regnet ja. Da bleib ich lieber drinnen und baue die Rennbahn auf."

„Mach, was du willst", sagte die Mutter. „Aber zuerst die Schularbeiten! Was habt ihr denn aufbekommen?"

„Nicht viel. Bloß etwas abschreiben."

„Na, dann beeil dich", sagte die Mutter. „also, bis bald."

Sie nahm ihre große Tasche und ging.

Niki kniete sich vor seinen Ranzen, um das Lesebuch

herauszukramen. Doch plötzlich gab er dem Ranzen einen Tritt.

Immer zuerst die Schularbeiten, dachte er. Ich habe doch soviel Zeit. Schreiben kann ich nachher noch.

Er ließ Lesebuch Lesebuch sein und holte die Rennbahn aus dem Schrank. Es dauerte fast eine Stunde, bis er sie aufgebaut hatte, und als die Autos endlich lossausen konnten, machte es ihm keinen Spaß, allein davorzuhocken.

Das ist ja langweilig, dachte er. Ich schreibe jetzt schnell, und wenn ich fertig bin, hole ich Thomas zum Autorennen.

Niki suchte zum zweiten Mal in seinem Ranzen nach Lesebuch und Schreibheft. Aber aus den Schularbeiten wurde wieder nichts. Denn als er das Buch aufgeschlagen hatte, wußte er nicht mehr, ob er eine ganze oder nur eine halbe Seite abschreiben sollte. Und zuviel wollte er auf keinen Fall tun.

Ich muß Thomas fragen, dachte Niki und lief ins nächste Stockwerk hinauf. Er klingelte einmal, er klingelte zweimal, er klingelte dreimal — niemand öffnete. Thomas und seine Mutter waren fortgegangen.

Mißmutig trottete Niki die Treppe hinunter, zurück vor die eigene Wohnungstür. Ich schreibe bloß die halbe Seite ab, dachte er — da durchfuhr ihn ein Schreck. Ein Riesenschreck! Und dieser Schreck hieß Schlüssel. Niki hatte die Tür hinter sich zugeschlagen und keinen Schlüssel mitgenommen!

Verzweifelt starrte er die verschlossene Tür an. Am liebsten wäre er mit dem Kopf dagegengerannt. Er hockte sich auf eine Treppenstufe, legte das Gesicht auf die Knie und sah sein Zimmer vor sich: Die aufgebaute Rennbahn! Und den Tisch mit dem Heft ohne Schularbeiten! Und bald würde die Mutter kommen, und er kannte ihre Strafpredigt schon auswendig.

Er saß auf der Treppe und wartete. Endlich kam die Mutter, und sie sagte genau das, was er sich gedacht hatte.

„Wie kann man nur so gedankenlos sein!" rief sie. „Ohne Schlüssel aus der Wohnung rennen! So was kann auch nur dir passieren. Hast du die Schularbeiten fertig?"

Niki schüttelte den Kopf.

„Was, nicht mal das? Na, darauf habe ich doch direkt gewartet, Freundchen, das ist ja mal wieder eine Meisterleistung. Aber glaub bloß nicht, daß du damit durchkommst. Du wirst — du mußt . . . ich werde dich . . . "

Schimpfend kramte sie in ihrer Tasche. Sie kramte und kramte, sie hörte auf zu schimpfen, und ihr Gesicht wurde immer unruhiger. Schließlich ließ sie die Tasche zuschnappen und sah Niki an.

„Soll ich dir etwas verraten? Ich habe auch keinen Schlüssel mitgenommen. Was sagst du nun?"

Niki sagte zuerst gar nichts. Er staunte nur. Dann fing er an zu lachen. Er lachte und lachte und konnte überhaupt nicht wieder aufhören. Und was das Lustigste war: Die Mutter lachte mit.

„Da bin ich aber reingefallen mit meiner Strafpredigt", lachte sie. „So was kann nur dir passieren, habe ich gesagt. Na ja, wahrscheinlich hast du es von mir geerbt. Und was machen wir jetzt?"

„Warten, bis Vati kommt", schlug Niki vor.

„Hier im Treppenhaus?“ Die Mutter schüttelte den Kopf. „Das ist ja so ungemütlich. Nein, ich weiß was Besseres.“

Mit dem Besseren meinte sie die nächste Konditorei, Kaffee, Limonade und Kuchen. Niki suchte sich einen Mohrenkopf aus, mit viel Schlagsahne obendrauf.

„Hm“, schmatzte er vergnügt. „Das schmeckt!“

Die Mutter bekam ein schlechtes Gewissen.

„Verdient haben wir es ja nicht“, meinte sie. „Erstens wegen der Schlüssel, und dann du mit deinen Schularbeiten ... “

Niki ließ sich den Appetit nicht verderben.

„Die mach ich nachher ganz schnell“, versprach er und aß erst einmal seinen Mohrenkopf auf. Dann sah er die Mutter an und sagte: „Eigentlich ist es komisch. Wenn Kinder etwas vergessen, kriegen sie eins auf den Deckel. Wenn Erwachsene etwas vergessen, gibt es Kaffee und Kuchen.“

„Ja, das stimmt“, nickte die Mutter. „Und es ist wirklich nicht ganz gerecht.“

Niki schießt ein Tor

Drei Tage lang hatte es geregnet. Endlich hellte sich der Schlechtwetterhimmel auf, und der Wind zerriß die Regenwolken. Niki hielt die Hand aus dem Fenster. Sie blieb trocken.

„Ich geh ein bißchen raus", rief er der Mutter zu. „Vielleicht sind die anderen schon unten."

Mit seinem Fußball im Arm rannte er zum Lift. Aber als er auf den Hof kam, war kein Kind zu sehen, weder Thomas noch Peter, nicht einmal der große Bernd.

Macht nichts, dachte Niki. Dann kann ich in Ruhe trainieren.

In der Hauswand war eine Nische, gerade groß genug zum Toreschießen. Besonders gut ging es heute zwar nicht. Der Hof war glitschig vom Regen, und bei dem ersten Schuß rutschte Niki aus und setzte sich in eine Pfütze. Auch der zweite und der dritte Schuß trafen daneben. Aber der vierte knallte mitten ins Ziel.

HANN

„Tor!" brüllte Niki begeistert. „Tor!"

Er wollte noch ein drittes Mal „Tor" brüllen, aber dazu kam er nicht.

„Halt den Mund!" brüllte eine andere Stimme. „Denkst du, du bist allein auf der Welt?"

Die Stimme gehörte einem Mann im Parterrefenster, der wütend mit der Faust drohte.

„Nicht mal Mittagsruhe kann man halten! Von früh bis spät dieser Lärm. Wer soll das denn aushalten? Ich werde mich bei der Hausverwaltung beschweren."

Niki zog erschrocken den Kopf ein. Der böse Mann, dachte er, o je, der böse Mann. Das war der Name, den die Kinder dem Mann am Fenster gegeben hatten. Fast jedesmal, wenn sie spielten, schimpfte und drohte er und schüttelte die Fäuste. Die Größeren machten sich nichts daraus. Sie lachten nur, und der große Bernd hatte ihm sogar schon einen Vogel gezeigt. Die Kleinen jedoch fürchteten sich vor ihm, und wenn er sein Gesicht aus dem Fenster steckte, liefen sie weg.

Auch Niki wäre beinahe davongerannt. Aber das Gesicht verschwand zum Glück wieder.

Noch ein einziges Tor, dachte Niki. Ich brauche ja nicht dabei zu brüllen.

Und Brüllen war sowieso überflüssig, denn mit den Toren schien es vorbei zu sein. Überallhin flog der Ball, nur nicht in die Nische.

„So ein Mist", schimpfte Niki vor sich hin. „Der nächste Schuß, der muß sitzen."

Wirklich, der Schuß saß! Niki schwang das rechte Bein, und weil er dabei auf dem feuchten Boden ausrutschte, flog der Ball nicht ins Tor, sondern in das offene Fenster. Mitten ins Zimmer des bösen Mannes! Niki hörte, wie es klirrte und krachte. Auf mehr wartete er nicht. Er raste davon, über den Hof, ins Haus, vier Treppen hinauf. Dort sprang er in den Lift, fuhr bis zum zehnten Stock und klingelte.

„Um Himmels willen, was ist los?" fragte die Mutter erschrocken. „Hast du was angestellt?"

Niki mußte erst nach Luft schnappen, bevor er sprechen konnte.

„Der böse Mann", keuchte er. „Mein Fußball ... das Fenster war auf ... mein Ball ... der böse Mann ... "

„Ich verstehe kein Wort", sagte die Mutter. Niki fing wieder von vorn an, und endlich begriff die Mutter, was geschehen war.

„Und du bist einfach weggelaufen?" fragte sie.

„Klar", rief Niki. „Meinst du, ich warte, bis der böse Mann ... "

„Böser Mann!" Die Mutter schüttelte den Kopf. „Was ist das bloß für ein Gerede! Bis jetzt hat er euch doch nur gesagt, daß ihr leiser sein sollt. Und damit hat er ganz recht, bei dem Geschrei, das ihr auf dem Hof macht. Ihr könntet wirklich ein bißchen Rücksicht nehmen. So, und jetzt gehen wir zu ihm hin, und du entschuldigst dich, und ich sage ihm, daß wir versichert sind und den Schaden bezahlen."

„Nein", wollte Niki rufen. „Nein, ich habe Angst", — da klingelte es. Vor der Tür stand er, der Mann, mit Nikis Ball in den Händen.

„Mein Name ist Thiele", sagte er. „Ist das Ihr Sohn? Und dies hier sein Ball?" Die Mutter nickte.

„Kommen Sie bitte herein. Ich weiß schon, was er gemacht hat. Ich . . . "

Der Mann, der Herr Thiele hieß, ließ sie nicht zu Ende reden. Er machte seinen Mund auf und fing an zu schimpfen. Er schimpfte auf die Kinder mit ihrem Lärm, er schimpfte auf die Eltern, die sie nicht richtig erzogen, er schimpfte auf das Haus, in dem niemand für Ordnung sorgte. Seine Stimme wurde immer lauter.

„Ist denn viel kaputtgegangen?" unterbrach ihn die Mutter.

„Eine Kaffeekanne. Reicht das etwa nicht?"

„Wir bezahlen Ihnen natürlich eine neue", sagte die Mutter. „Wenn Sie wollen, besorge ich sie auch. Gleich morgen. Es tut mir leid, daß . . . "

Herr Thiele wurde immer aufgeregter.

„Es ist mir egal, ob es Ihnen leid tut", rief er. „Und bezahlen nützt gar nichts. Wer bezahlt mir den Ärger? Ich bin krank. Ich muß Ruhe haben. Verbieten Sie gefälligst Ihrem Sohn, sich auf dem Hof herumzutreiben."

„Ich werde dafür sorgen, daß er die Mittagszeit einhält und nicht vor drei auf den Hof geht", sagte die Mutter. „Aber irgendwo müssen die Kinder doch spielen."

Jetzt fing Herr Thiele an zu schreien.

„Was gehen mich fremde Kinder an?" schrie er. „Ich bin krank, ich brauche Ruhe. Ich werde mich beschweren. Bei der Hausverwaltung. Die Kinder verschwinden vom Hof, darauf können Sie sich verlassen."

Er warf den Ball auf den Boden, riß die Tür auf und ging ohne Gruß davon.

„Siehst du", sagte Niki, „es stimmt. Er ist böse. Richtig böse."

Die Mutter zuckte mit den Schultern. „Ich weiß nicht. Er ist alt und krank, das merkt man ja. Wahrscheinlich kann er nichts dafür, daß er so brüllt. Ich hätte dich in der Mittagszeit nicht auf den Hof lassen sollen. Ihr müßt zwischen zwölf und drei Ruhe geben, unbedingt."

„Sollen wir etwa nicht mehr spielen?" rief Niki erbost.

„Nicht gerade in der Mittagszeit", sagte die Mutter. „Und wenn ich an diesen Herrn Thiele denke ..."

Sie machte ein so bekümmertes Gesicht, daß Niki Angst bekam. Von nun an sah er unten im Hof immer wieder sorgenvoll auf das Fenster, in das sein Ball geflogen war. Herr Thiele ließ sich nicht mehr blicken. Er schien verschwunden zu sein.

Doch dann, nach zwei Wochen, kam ein Brief von der Hausverwaltung. Darin stand, daß sich die Kinder in Zukunft nur von 10 bis 12 und von 16 bis 18 Uhr auf dem Hof aufhalten dürften, und daß es zu jeder anderen Zeit verboten sei.

Abends beim Essen las der Vater den Brief vor.

„Das war dieser Thiele!“ rief Niki. „So ein Ekel. Kannst du denn nichts dagegen tun? Morgens bin ich in der Schule, und nachmittags bloß zwei Stunden ... “

„Schrecklich“, sagte die Mutter. „Wenn ich an den Krach denke, den die Autos und die Flugzeuge machen. Die dürfen das. Aber die Kinder sollen sich möglichst nicht rühren.“

Der Vater legte den Brief auf den Tisch.

„Das ist nun mal so in einem großen Haus, in dem viele Menschen zusammenwohnen“, sagte er. „Kinder, junge Leute, alte Leute, Gesunde, Kranke, Empfindliche. Jeder will sein Recht haben. Der eine will Ruhe, der andere will herumtoben können. Schwierig, alle unter einen Hut zu bringen. Und die Kinder wegjagen, das ist noch am einfachsten.“

Niki dachte an die Straße am Waldrand, wo die Kinder spielen konnten, soviel sie wollten.

„Ich mag hier nicht mehr wohnen“, jammerte er.

„Du wohnst nun aber mal hier“, sagte der Vater. „Und vielen Kindern geht es noch viel schlechter.“

Die Mutter strich Niki übers Haar. „Für dich ist das wirklich nur halb so schlimm“, versuchte sie, ihn zu trösten. „Du hast ja nicht nur den Hof. Du hast noch die Badeanstalt in der Nähe und den Spielplatz im Park. Du wirst immer größer und darfst bald allein hingehen. Und im Winter kannst du rodeln und Schlittschuh laufen. Und deine Schulaufgaben machst du auch nicht auf dem Hof."

Der Vater und die Mutter aßen weiter. Nur Niki kratzte schweigend auf seinem Teller herum. Es gab Milchreis mit Zucker und Zimt, und Milchreis war sein Leibgericht. Aber heute wollte es ihm nicht schmecken.

Niki hat Mut

Als Niki in die große Stadt zog, konnte er noch nicht schwimmen. Am Stadtrand, wo er gewohnt hatte, gab es keine Badeanstalt, nur einen Fluß. Und der Fluß war für kleinere Kinder viel zu reißend.

In der Stadt war das ganz anders. Dort hatte Niki gleich zwei Badeanstalten in der Nähe: Ein Freibad für den Sommer und ein Hallenbad für den Winter. Aber leider nützten sie ihm nicht viel. Die Kinder aus dem Haus konnten fast alle schwimmen und durften allein zum Baden gehen. Nur Niki mußte warten, bis die Mutter oder der Vater Zeit hatten, und das war nicht oft.

„Laßt mich doch mit den anderen mitgehen“, bettelte er immer wieder.

Die Mutter schüttelte jedesmal den Kopf. „Das ist viel zu gefährlich. Du kannst ja nicht schwimmen.“

Das ging den ganzen Sommer so, bis es Niki eines Tages zu dumm wurde.

„Dann muß ich es eben lernen", sagte er, und im Herbst meldete er sich im Hallenbad zum Schwimmkurs an. Der Bademeister band ihm einen Schwimmgürtel um den Bauch, damit mußte er sich aufs Wasser legen. Zuerst durfte er sich beim Üben an einem Brett festhalten. Aber bald brauchte er es nicht mehr, denn er hatte gelernt, die Beine vorschriftsmäßig zu bewegen. Nach ein paar Wochen konnte er sich schon ohne Gürtel über Wasser halten. Er übte und übte, nicht nur mit dem Bademeister, sondern auch mit der Mutter oder dem Vater. Trotzdem dauerte es eine Ewigkeit, bis er fünfzehn Minuten schwimmen konnte, ohne sich zwischendurch auszuruhen oder festzuhalten. Erst im Frühling war es so weit: Niki schwamm sich frei.

Das wurde ein großer Festtag! Er bekam eine Urkunde, und die Mutter nähte ein Freischwimmerabzeichen an seine Badehose. Sie backte eine Erdbeertorte, der Vater schenkte ihm fünf Mark, und alle freuten sich. Das Wichtigste aber für Niki war, daß er von nun an ohne Vater oder Mutter in die Badeanstalt gehen durfte, zusammen mit Thomas, Peter und Tim und wie sie alle hießen. Nur daß auch der große Bernd manchmal dabei war, paßte ihm nicht.

Zum Glück kümmerte sich der große Bernd nicht viel um Niki. Er fand meistens große Jungen zum Herumtoben, und Niki konnte in Ruhe mit seinen Freunden schwimmen, tauchen und springen. Denn er hatte sogar schon gelernt, einen Kopfsprung vom Einmeterbrett zu machen.

Eines Tages war Niki allein in der Badeanstalt. Thomas hatte zu einem Tantengeburtstag gehen müssen, und auch von den anderen war niemand da. Niki fand es trotzdem lustig. Er schlug Purzelbäume im Wasser, spielte Unterseeboot und Walfisch und wollte danach ein bißchen springen. Doch als er auf das Einmeterbrett zulief, hielt ihn jemand von hinten fest. Niki drehte sich um. Es war Bernd.

„Mit deiner Hüpferei ist ja nichts los", sagte er. „Komm mit, wir springen jetzt alle vom Dreimeterbrett runter."

Niki versuchte, sich loszumachen.

„Ich hab keine Lust", murmelte er.

„Quatsch nicht", sagte Bernd. „Du hast Angst. Seht euch den Feigling an."

Die drei Jungen, die um ihn herumstanden, lachten.

„Überhaupt nicht wahr", rief Niki. „Ich hab keine Angst."

Das stimmte nun wirklich nicht. Niki hatte Angst, schreckliche Angst sogar. Er hatte schon einmal oben auf dem Sprungturm gestanden. Aber nach einem Blick in die Tiefe war er schnell wieder umgekehrt. Bei dem Gedanken, wieder hinaufklettern zu müssen, wurde ihm beinahe schlecht. Nur vor einem fürchtete er sich noch mehr: Dem großen Bernd seine Angst zu zeigen.

Er lacht mich aus, dachte Niki. Alle lachen mich aus.

Und weil er nicht ausgelacht werden wollte, ließ er sich von Bernd zum Sprungturm schieben. Schritt für Schritt stieg er die Leiter hinauf, höher, noch höher, dann war sie zu Ende. Niki stand auf dem Turm.

Ängstlich klammerte er sich am Geländer fest. Tief unten war das Wasser. Es sah nicht mehr blau, sondern schwarz aus, schwarz und gefährlich. Nikis Herz begann laut zu klopfen. Er wollte nicht feige sein, er wollte nicht ausgelacht werden. Herunterspringen — von hier oben herunterspringen! Ob er es mal versuchte?

„Los, hopp", sagte der große Bernd. „Du zuerst, und wir hinterher."

Er nahm Niki bei den Schultern, um ihn aufs Sprungbrett zu stoßen. Es waren nur noch ein paar Schritte bis zur vordersten Spitze. Wer dort stand und einen kleinen Schubs bekam . . .

Niki riß sich los.

„Nein! Nein! Nein!" schrie er, stürzte zur Leiter und machte sich davon. Die anderen lachten hinter ihm her. „Feigling! Baby!" schrie Bernd. „Feigling! Baby!" Niki wäre beinahe die Leiter hinuntergefallen, so jämmerlich war ihm zumute. Er schämte sich vor der ganzen Badeanstalt. Mit eingezogenem Kopf lief er zur Umkleidekabine, nahm seine Sachen und ging nach Hause.

„Schon wieder da?" fragte die Mutter erstaunt.

Niki rannte an ihr vorbei und verkroch sich in seinem Zimmer. Erst beim Abendessen ließ er sich wieder blicken.

„Na, wie war's in der Badeanstalt?" erkundigte sich der Vater.

Niki wurde rot. Es dauerte eine Weile, bis er antwortete.

„Ich geh nie wieder hin“, sagte er schließlich.

„Warum denn nicht?“ wunderte sich die Mutter. „Ich denke, das ist das Schönste vom ganzen Sommer.“

Niki stocherte auf seinem Teller herum.

„Der große Bernd . . . “, sagte er. „Der hat . . . “ Dann erzählte er, was passiert war.

„Das ist ja unerhört“ rief die Mutter. „Dieser Bernd ist ein ekelhafter Bengel.“

„Und deswegen willst du nicht mehr zum Baden gehen?“ fragte der Vater.

Niki nickte.

„Na schön“, meinte der Vater. „Bleib zu Hause. Aber ich will dir mal was sagen: Feige warst du nicht. Du bist erst sieben, und mit sieben braucht man nicht vom Dreimeterbrett zu springen. Dazu ist später noch Zeit.“

„Aber der große Bernd . . . “, rief Niki.

„Der Bernd, der ist feige“, sagte der Vater. „Einen Kleineren quälen, das ist feige und gemein. So einen Feigling laß ruhig über dich lachen.“

„Die anderen Leute . . . “, rief Niki.

„Die anderen Leute haben wahrscheinlich nicht mal etwas gemerkt“, sagte der Vater. „Und der Bernd, der reibt sich die Hände, weil er dich vergrault hat. Weißt du, was mutig wäre? Wenn du morgen wieder in die Badeanstalt gehst und ihm zeigst, daß du dich nicht kleinkriegen läßt. Wirklich, das wäre mutig. Viel mutiger als ein Sprung vom Dreimeterbrett.“

„Glaub ich nicht“, sagte Niki, und die nächsten zwei Tage blieb er zu Hause. Nicht einmal auf dem Hof zeigte er sich. Aber am dritten Nachmittag klingelte Thomas an der Tür.

„Los, wir gehen zum Baden“, sagte er. „Guck mal, ich hab einen neuen Wasserball. Peter kommt auch mit, das wird toll.“

„Ach, lieber nicht“, wollte Niki anfangen. Doch da sah er die Sonne am Himmel und den Wasserball unter Thomas' Arm, und er sagte etwas anderes: „Ich komme gleich“, rief er, holte sein Badezeug und rannte mit Thomas zum Lift.

Niki und der türkische Junge

Seit seinem ersten Schultag hatte Niki mit Thomas und Jürgen an einem Tisch gesessen. Die drei vertrugen sich fast immer. Nur manchmal, wenn Jürgen sich zu breit machte oder Niki seinen Ranzen auf den Platz von Thomas schmiß, gab es Ärger. Aber das dauerte nie lange.

Jürgen war meistens laut und lustig und dachte sich immer neuen Unsinn aus. Deshalb wunderte sich Niki, als er eines Tages mit traurigem Gesicht in die Schule kam und kein Wort sagte.

„Hast du was?" erkundigte sich Niki.

„Wir ziehen um", murmelte Jürgen.

„Wir sind auch schon mal umgezogen", sagte Niki. „Es ist gar nicht schlimm."

„Bei uns ist es schlimm", sagte Jürgen. „Wir ziehen nach Brasilien."

„Brasilien?" fragte Niki. „Wo ist denn das?"

„In Südamerika. Ganz weit weg. Mein Vater soll dort

arbeiten. Die Leute in Brasilien sprechen bloß portugiesisch. Keiner versteht mich, und ich verstehe keinen. Dort kriege ich bestimmt keinen Freund."

Er weinte fast, so unglücklich war er. Niki und Thomas sahen ihn mitleidig an. In ein fremdes Land mit lauter fremden Menschen zu kommen, das mußte schrecklich sein.

Jürgen blieb nur noch ein paar Wochen in der Schule. Traurig sagte er allen auf Wiedersehen und kam nicht wieder. Drei Tage saßen Niki und Thomas allein an ihrem Tisch. Dann brachte die Lehrerin einen neuen Jungen mit in die Klasse.

„Das ist Mustafa", sagte sie. „Wißt ihr, wo er herkommt? Aus der Türkei! Er spricht noch nicht viel deutsch, aber das lernt er sicher bald."

„Mustafa", kicherten die Kinder. „Mustafa". So einen komischen Namen hatten sie noch nie gehört. Das ist ja ein Pferdename! dachte Niki. Neugierig sah er den fremden Jungen an. Er hatte schwarze Haare, schwarze Augen, und seine Haut war viel dunkler als die der anderen. Ein richtiger Fremder.

„Mustafa kann sich auf Jürgens Platz setzen", sagte die Lehrerin. „Das paßt gut. Jürgen geht es in Brasilien genauso wie hier dem Mustafa. Er versteht die Sprache nicht und ist vielleicht der einzige blonde Junge zwischen lauter dunklen. Womöglich lachen die brasilianischen Kinder sogar über seinen Namen, weil er für ihre Ohren komisch klingt. Niki und Thomas, ihr wart doch Jürgens Freunde. Helft Mustafa ein bißchen, daß er sich bei uns einlebt."

Der fremde Junge setzte sich auf Jürgens Stuhl. Er legte die Hände übereinander und starrte auf die Tischplatte. Er sah nicht nach rechts noch nach links, nur auf den Tisch.

„Du, ich glaube, der ist blöd", flüsterte Niki Thomas zu.

Thomas nickte. „Mit dem spielen wir nicht", flüsterte er zurück und zog seinen Stuhl ein Stück von Mustafa fort.

Niki und Thomas waren nicht die einzigen, denen Mustafa aus der Türkei komisch vorkam. Die ganze Klasse machte einen Bogen um ihn. Helmut, der das größte Mundwerk von allen hatte, nannte ihn sogar „Knoblauchfresser". Dieses Wort verstand Mustafa zwar nicht, aber er begriff, daß es nichts Gutes bedeutete. Er wich den anderen aus, wo er nur konnte. In den Pausen stand er am Zaun und sah zu, wie sie Fangen oder Reiterkampf spielten, und in den Stunden tat er nur selten den Mund auf. Denn kaum sagte er etwas in seinem falschen Deutsch, fingen alle an zu lachen. Dann setzte sich Mustafa schnell wieder hin, legte die Hände übereinander und starrte auf die Tischplatte.

„Seid doch nicht so dumm", schimpfte die Lehrerin. „Könnt ihr etwa irgendeine fremde Sprache sprechen? Niki, kannst du türkisch?"

Niki schüttelte den Kopf.

„Na also“, sagte die Lehrerin. „Denk doch an Jürgen. Möchtest du, daß man in Brasilien über ihn lacht?“

Nein, das wollte Niki auf keinen Fall. Aber um Mustafa wollte er sich auch nicht kümmern. Es ärgerte ihn, daß ausgerechnet er neben dem fremden Jungen sitzen mußte, der immer nur auf die Tischplatte starrte.

Eines Tages brachte Niki seinen neuen Ball mit in die Schule. Der Ball war so winzig, daß er in der Hosentasche Platz hatte, aber er sprang viel höher als jeder andere. In der Pause ließ Niki ihn auf dem Schulhof springen, und fast die ganze Klasse sah zu.

„Jetzt bis zum ersten Stock!" rief Niki und schmetterte den Ball aufs Pflaster. Der sprang in die Luft, hoch, höher — und weg war er. Irgendwo beim Zaun mußte er heruntergekommen sein.

Niki rannte los, um ihn zu suchen. Den Ball fand er nicht, doch er sah Mustafa. Mustafa lehnte am Zaun. Er hatte beide Hände vor den Mund gelegt, und durch seine Finger hindurch kamen seltsame, hohe Töne. Mustafa blies auf einem Grashalm, so hell und so lange, wie Niki es noch nie gehört hatte.

Niki blieb stehen. „Toll!" sagte er. „Toll, wie du das kannst."

Mustafa nahm die Hände vom Mund. Er starrte Niki an. Dann lachte er. Niki sah ihn zum ersten Mal lachen.

„Mach das nochmal", sagte Niki und zeigte auf den Grashalm.

Mustafa legte wieder die Hände vor den Mund und ließ einen langen, hohen Ton erklingen.

„Wie machst du das bloß?" wunderte sich Niki. „Komm, bring es mir bei." Er riß einen Grashalm ab und tippte mit dem Zeigefinger auf seine Brust. „Ich", sagte er. „Lernen."

Mustafa nickte. Er zeigte Niki, wie er den Grashalm zwischen die Finger legen, wie er ihn vor die Lippen halten, wie er blasen mußte. Niki brachte keinen Ton heraus, höchstens einen Piepser. Mustafa lachte, Niki lachte auch, und weil die Pause gerade zu Ende war, gingen sie zusammen in die Klasse zurück.

„Du, der Mustafa kann toll auf einem Grashalm blasen“, erzählte Niki seinem Freund Thomas. „Das muß er dir zeigen.“

Aber Mustafa konnte nicht nur auf einem Grashalm blasen, er konnte noch etwas viel Besseres: Vogelstimmen nachahmen, Stare, Rotkehlchen, Amseln! Nach der Schule machte er es Thomas und Niki vor. Staunend hörten sie zu. „Weiter“, sagten sie, wenn er aufhören wollte, „weiter.“ Thomas ging nach einer Weile. Aber Niki wollte immer noch mehr hören. Er kam viel zu spät nach Hause und mußte kalte Eierkuchen essen.

Am nächsten Tag nahm er Mustafa mit auf den Schulhof zum Fangenspielen.

„Was, der blöde Knoblauchfresser soll mitmachen?“ rief Helmut. „Hau bloß mit dem ab.“

„Selber blöde“, gab Niki zurück. „Der Mustafa ist in Ordnung, der kann . . . “

Weiter kam er nicht. Mit angewinkelten Armen und vorgestrecktem Kopf stürzte Helmut auf ihn zu. Er wollte kämpfen, und mit Helmut kämpfen war keine Kleinigkeit. Helmut war der Stärkere. Er kannte viel mehr Tricks, und bestimmt hätte er Niki zu Boden geworfen. Doch da fing Mustafa an zu flöten. Er flötete wie eine Nachtigall, und obwohl es leise war, drang es durch den Pausenlärm hindurch. Die Kinder, die um Helmut und Niki herumstanden, horchten auf. Sogar Helmut ließ die Arme sinken und vergaß, daß er raufen wollte.

„Mustafa kann noch mehr", keuchte Niki. „Meisen, Stare, alles! Ich hab doch gesagt, er ist in Ordnung."

Mustafa pfiff weiter. Es klang so echt, daß ein Lehrer stehenblieb.

„Wer hat denn hier einen Vogel?" fragte er. Die Kinder lachten, und der Lehrer wurde wütend. Alles wegen Mustafa!

Von da an war der Junge aus der Türkei kein Fremder mehr in der Klasse. Höchstens Helmut und ein paar seiner Freunde kicherten noch über sein schlechtes Deutsch. Aber Mustafa machte von Tag zu Tag weniger Fehler. Denn er starrte nicht mehr schweigend auf die Tischplatte, sondern redete mit den Kindern. Jeder wollte von ihm lernen, wie eine Meise oder eine Nachtigall zu flöten. Niki war froh, daß er neben ihm saß und immer als erster an die Reihe kam.

Niki macht einen Ausflug

Nikis Vater arbeitete in einem großen Werk. Er machte fast jeden Tag Überstunden, sonst hätte das Geld nicht gereicht. Die Miete war hoch, und das Auto und die neuen Möbel mußten auch noch abgezahlt werden. Früh am Morgen ging er fort, und abends kam er müde nach Hause. „So ein langer Tag“, stöhnte er oft. „Da muß man sich abrackern für das bißchen Geld und ist zu kaputt, um noch irgendetwas Vernünftiges zu unternehmen.“ Er ließ sich in einen Sessel fallen und las Zeitung, und wenn Niki ihm etwas erzählen wollte, sagte er: „Laß mich in Ruhe, wart bis zum Essen.“ Das Essen aber dauerte meistens nicht lange, weil der Vater fernsehen wollte, und bald darauf mußte Niki schon zu Bett gehen. Da lag er dann und dachte: Wenn ich groß bin, habe ich mehr Zeit für meinen Jungen. Ich lese bestimmt nicht immerzu Zeitung und sehe nicht gleich nach dem Essen fern.

Zum Glück gab es aber noch die Sonntage, an denen der

Vater nicht arbeiten mußte und nicht müde war. Sonntagmorgens kroch Niki zu ihm ins Bett. Sie machten eine große Kissenschlacht und soviel Krach, bis die Mutter dazwischenkam und rief: „Denkt doch an die Leute unter uns! Ihr wollt wohl, daß wir aus dem Haus geworfen werden!" Dann lachte der Vater, sagte „Zu Befehl" und las Niki etwas vor. Manchmal erzählte er auch Geschichten von früher, als er ein Junge war. Nach dem Frühstück ging er mit Niki in den Stadtpark zum Entenfüttern oder ins Hallenbad. So ein Sonntag war das Schönste von der ganzen Woche. Schon am Montag freute Niki sich darauf.

Auf den ersten Sonntag im August aber hatte er sich zu früh gefreut. Am Sonnabend war die Mutter für zwei Tage verreist. Niki und der Vater hatten mittags einen Topf Suppe aufgewärmt. Dann, beim Essen, hatten sie sich etwas ganz Besonderes ausgedacht: Sie wollten frühmorgens aus der Stadt hinausfahren, das Auto irgendwo stehenlassen und durch den Wald zum Fluß wandern. Und dort am Ufer wollten sie ein Feuer machen und Würstchen braten! Niki war gleich nach dem Essen losgerannt, um einzukaufen: Würstchen, Semmel, Käse, Bier, Limonade. Und den Kindern, die er unten auf dem Hof traf, hatte er erzählt, was er und sein Vater Tolles unternehmen wollten.

Doch als er am Sonntagmorgen zu ihm ans Bett lief, war alles vorbei.

„Aus unserem Plan wird nichts", sagte der Vater.

„Onkel Gerd hat gestern abend angerufen. Er baut im Garten einen Schuppen und braucht mich zum Helfen. Meinen Elektrobohrer soll ich auch mitbringen. Na, dort ist es ja schön. Du kannst mit Karin und Uwe spielen, die hast du lange nicht gesehen. In Ordnung?"

Er hatte die Arme unter dem Kopf verschränkt und machte ein Gesicht, als sei tatsächlich alles in Ordnung.

Niki sah ihn erschrocken an. „Nein!" rief er. „Nein! Das geht doch nicht! Du hast es mir doch versprochen!"

„Nun reg dich nicht auf", sagte der Vater. „Wir fahren ein andermal an den Fluß. Nächsten Sonntag."

Niki bekam einen knallroten Kopf, so wütend war er plötzlich.

„Nächsten Sonntag will ich nicht. Ich will heute. Du hast es versprochen Was man verspricht, muß man halten."

„Tut mir leid", sagte der Vater. „Ich würde auch lieber mit dir an den Fluß fahren. Aber ich kann Onkel Gerd nicht sitzenlassen."

„Und mich kannst du sitzenlassen!" schrie Niki. „Immer mich!"

Er rannte in sein Zimmer, legte sich auf den Boden und heulte. Der Vater kam hinterher. „Nächsten Sonntag bestimmt!" sagte er. „Du kannst dich drauf verlassen." Aber Niki glaubte ihm nicht. Und weil der Vater bei seinem Nein blieb, redete Niki kein Wort mehr. Stumm saß er beim Frühstück, und später im Auto starrte er schweigend aus dem Fenster. So was Gemeines, dachte er immer wieder. Versprechen und nicht halten. Aber mit mir kann er es ja machen. Ich bin ja bloß klein. Und Onkel Gerd ist groß und geht vor. So was Gemeines . . .

Die kleine Stadt, in der Onkel Gerd wohnte, lag etwa dreißig Kilometer entfernt. Der Vater fuhr über eine einsame Landstraße quer durch die Felder.

„Das ist eine Abkürzung", meinte er. „Es geht schneller als auf der Autobahn."

Niki antwortete nicht. Ihm war alles egal.

Im übrigen hatte sich der Vater geirrt. Es ging nicht schnell, es ging sehr langsam. Die Straße war voller Schlaglöcher. Das Auto mußte im zweiten Gang dahinschleichen, und bei jedem Loch krachte und dröhnte es.

Der Vater schimpfte laut vor sich hin.

„So ein Reinfall! So ein Mist! Hätte ich bloß die Autobahn genommen. Unser alter Schlitten hält das hier ja gar nicht aus. Im nächsten Dorf suche ich eine andere Straße."

Aber dazu kam er nicht mehr. Plötzlich gab es einen Ruck, als hätte jemand mit Gewalt auf die Bremse getreten. Die Räder quietschten, der Wagen geriet ins Schleudern, rumpelte quer über die Straße und landete auf einem Kartoffelacker.

Der Vater schrie, Niki schrie. Aber keinem von ihnen war etwas passiert. Außer dem Auto! Der Motor sprang zwar an, doch es rührte sich nicht vom Fleck.

„Verdammt!“ sagte der Vater. „Das muß die Hinterachse sein! Bestimmt ist die Feder gebrochen. Jetzt sind die Räder blockiert und können sich nicht mehr drehen.“

Niki hatte einen solchen Schreck bekommen, daß er wieder anfing, mit dem Vater zu sprechen.

„Fährt es jetzt nicht weiter?“ fragte er.

Der Vater schüttelte den Kopf. „Kein Stück. Wir müssen ins nächste Dorf gehen. Hoffentlich finden wir dort eine Werkstatt, die es abschleppt.“

„Aber wie denn? Wenn sich die Hinterräder nicht mehr drehen!“

„Es muß hinten hochgehoben werden“, erklärte der Vater, und dann fing er wieder an zu schimpfen. „Das kostet mindestens dreihundert Mark. Immer dieser Ärger mit den verflixten Autos. Wozu hat man bloß so ein Ding? Das ganze Geld wird einem aus der Tasche gezogen.“

Schimpfend stieg er aus. Niki krabbelte hinterher, und sie sahen sich um. Felder, überall Felder. Weit in der Ferne, wo Himmel und Erde zusammenstießen, stand ein Kirchturm vor den Wolken. Dort mußte das Dorf sein.

„Na, dann ab“, sagte der Vater. „Wir laufen querfeldein, immer auf den Kirchturm zu.“

Er legte den Arm um Nikis Schultern, und sie marschierten los. Es war ein langer Weg. Doch für Niki hätte er noch länger dauern können. Merkwürdig, der Vater hatte auf einmal keine schlechte Laune mehr. Er machte

ML-XY583

Witze, erzählte und hörte zu, wenn Niki erzählte. Es war wie bei einem Ausflug.

„Du, Papa", fragte Niki, als sie gerade über einen Graben gesprungen waren. „Müssen wir eigentlich noch zu Onkel Gerd fahren?"

Der Vater schüttelte den Kopf. „Wie sollen wir denn da hinkommen? Wir sind viel zu weit weg von der Bahnlinie. Nein, jetzt sorgen wir erst mal dafür, daß der Wagen abgeschleppt wird, und dann machen wir uns einen gemütlichen Sonntag."

Und das taten sie! Würste konnten sie zwar nicht braten, statt dessen aßen sie Hähnchen im Dorfgasthaus.

„Dreihundert Mark sind sowieso futsch, da kommt's nicht mehr drauf an", meinte der Vater und kaufte Niki noch ein großes Eis. Dann gingen sie durch den Wald zum Fluß. Sie fanden eine Menge Himbeeren, viel mehr, als sie essen konnten. Sie beobachteten Rehe, sie boxten miteinander und machten eine Tannenzapfenschlacht, und am Fluß zeigte der Vater Niki, wie man Steine über das Wasser springen läßt. Niki wollte es gern lernen, aber es klappte nicht.

„Laß nur", sagte der Vater. „Das kommt schon noch."

„Klar", sagte Niki.

Er setzte sich auf einen Stein am Ufer und sah den winzigen Fischen zu, die in der Sonne spielten.

So eine Autopanne ist schön, dachte er. Die müßten wir öfter haben.

Niki kauft sich ein Feuerwehrauto

Seitdem Niki zur Schule ging, bekam er Taschengeld.

„Ich gebe dir jeden Sonntag fünfzig Pfennig", hatte der Vater gesagt. „Damit kannst du machen, was du willst. Sieh zu, daß du zurechtkommst. Wenn ich du wäre, würde ich immer etwas aufheben für besondere Gelegenheiten."

Toll! dachte Niki. Zwei Mark im Monat! So ein Haufen Geld wird nie alle.

Doch da irrte sich Niki. Sein Geld war immer sehr schnell alle. Das lag hauptsächlich an dem kleinen Laden, an dem er jeden Tag zweimal vorbeikam. Morgens, wenn er zur Schule ging, hatte er es zu eilig, um stehenzubleiben. Aber mittags auf dem Heimweg konnte er sich die Auslagen im Schaufenster ansehen: Mickymaushefte, Bücher, Briefpapier, Kugelschreiber, Vierfarbenstifte — lauter Dinge, die Niki gefielen. Noch lieber allerdings war ihm, was danebenlag: Kaugummi, Brausepulver, gefüllte Waffeln und Zuckerstangen. Er stand vor dem Schaufenster und guckte, und wenn er lange genug geguckt hatte, kaufte er sich irgendetwas. Kein Wunder, daß sein Geldbeutel meistens schon am Freitag leer war.

Eines Montags aber lagen weder Mickymaushefte noch Bonbons noch sonst etwas im Schaufenster. Nur ein weißes Schild hing an der Scheibe, darauf stand, daß der Laden zu vermieten sei.

Schade, dachte Niki. Er ging weiter, kaufte sich seinen Kaugummi, seine Waffeln und Zuckerstangen in einer Bäckerei und sah das leere Schaufenster kaum noch an.

Wochenlang stand der Laden leer. Doch plötzlich gab es wieder etwas zu gucken: Der Laden hatte sich in ein buntes Spielzeuggeschäft verwandelt! Autos, eine Rennbahn, ein Bagger, ein großer Kran, Puppen, Stofftiere, alles war da, eins schöner als das andere. Niki stand eine Weile vor dem Schaufenster, dann wußte er, was ihm am besten gefiel: Das Feuerwehrauto, das kleine, rote Feuerwehrauto mit der silbernen Leiter.

Das könnte ich gut gebrauchen, dachte er. Es paßt in mein Parkhaus, zu dem Krankenauto, dem Polizeiauto und den anderen Autos. Wenn ich es doch bloß hätte!

Das Feuerwehrauto kostete drei Mark zwanzig. Niki holte seinen Geldbeutel aus der Tasche und guckte traurig hinein. Was er sah, waren drei armselige Zehner und ein Markstück, das er vom Großvater bekommen hatte. Es reichte nicht hin und nicht her.

Beim Mittagessen erzählte er der Mutter von dem roten Feuerwehrauto.

„Kauf es mir doch“, bettelte er. „Es ist so schön. Ich möchte es so gern haben.“

Die Mutter schüttelte den Kopf.

„Du hast doch jeden Sonntag fünfzig Pfennig bekommen“, sagte sie. „Hast du denn gar nichts gespart?“

„Nur eine Mark dreißig", sagte Niki. „Mit der Mark vom Opa."

Die Mutter zuckte mit den Schultern.

„Wer kein Geld hat, kann sich nichts kaufen. Du mußt eben noch warten. In ein paar Wochen hast du das Geld zusammen."

„Dann ist das kleine Feuerwehrauto bestimmt nicht mehr da", jammerte Niki.

„Es gibt haufenweis kleine Feuerwehrautos", meinte die Mutter und machte ihr „Jetzt-ist-Schluß"-Gesicht. Niki konnte betteln, soviel er wollte, es nützte nichts.

Von nun an rannte Niki jeden Morgen und jeden Mittag voller Unruhe zu dem Spielzeugschaufenster. Erst wenn er das Feuerwehrauto gesehen hatte, war ihm wohler. Aber schon nach ein paar Schritten plagte ihn wieder die Angst, daß jemand kommen und es kaufen könnte. Wenn ich doch Geld hätte, dachte er. Wenn ich doch nur genug Geld hätte!

So ging es einen Tag, zwei Tage, drei Tage. Bis am vierten Tag etwas passierte: Als Niki vom zehnten Stock nach unten fuhr, blitzte es auf dem Boden des Lifts. Niki bückte sich. Zwei Mark! Er hielt ein Zweimarkstück in der Hand!

Niki rührte sich eine Weile nicht vom Fleck, so überrascht war er. Er merkte kaum, wie sich die Lifttür wieder schloß und er noch einmal in den fünften Stock hinauffuhr. Das Feuerwehrauto! Das rote Feuerwehrauto! Jetzt konnte er es kaufen!

Eigentlich hatte er auf dem Hof spielen wollen. Aber daran dachte er nicht mehr. Er machte sich sofort auf den Weg zum Spielzeugladen. Er lief über die Straße, über den Platz mit dem steinernen Brunnenmann, und plötzlich blieb er stehen. Ihm war etwas eingefallen. Durfte er die zwei Mark überhaupt behalten? Gefundene Sachen muß man abliefern, hatte die Lehrerin erst vor ein paar Tagen in der Schule gesagt. Sonst ist es wie gestohlen.

Niki schloß seine Faust über dem Zweimarkstück noch fester.

Zwei Mark sind keine Sache, dachte er. Abliefern? So ein Quatsch. Kommt ja gar nicht in Frage.

Und er kaufte sich das Feuerwehrauto.

Als Niki wieder zu Hause war, nahm er den Krankenwagen, das Polizeiauto und die anderen Autos aus dem Schrank. Er hockte sich vor das Parkhaus mit der Tankstelle und wollte gerade das Feuerwehrauto auspacken, da kam die Mutter ins Zimmer.

Schnell schob er die Tüte hinter das Parkhaus.

„Willst du nicht nach draußen gehen?“ fragte sie. „Heute scheint doch die Sonne.“

„Hm ... ja ... nein“, murmelte Niki. „Mein Parkhaus ...“

Doch er hatte plötzlich keine Lust mehr, damit zu spielen. Er fürchtete, daß die Mutter das neue Feuerwehrauto entdecken könnte. Was sollte er dann sagen? Daß er zwei Mark gefunden und einfach behalten hatte?

Niki packte seine Autos wieder zusammen und ging zum Lift. Mit ihm zusammen fuhr Frau Kahl aus der Nachbarwohnung nach unten. Sonst redete sie immer mit ihm. Heute aber blickte sie ihn nur schweigend an. Warum? Sah er anders aus als sonst?

Niki senkte den Kopf. Er wollte nicht, daß Frau Kahl ihn noch länger anguckte.

Unten im Treppenhaus war die Hausmeisterin dabei, den Boden zu wischen.

„Na, Niki", sagte sie. „Geht's wieder zum Spielen?"

Niki blieb stehen und starrte auf den Wassereimer.

„Gibt's was?" erkundigte sich die Hausmeisterin. „Hast du was ausgefressen?"

„Ich? Ach wo", sagte Niki. „Ich möchte bloß was wissen. Wenn einer zwei Mark im Lift findet und liefert sie nicht ab, was passiert dann?"

„Zwei Mark?" Die Hausmeisterin ließ den nassen Lappen auf die Fliesen klatschen. „Bei zwei Mark passiert überhaupt nichts. Die kann man behalten. Wie soll man denn herauskriegen, wem diese zwei Mark gehören? Bei den vielen Leuten im Haus! Alles, was unter fünf Mark wert ist, gehört dem Finder, das steht sogar in den Vorschriften. Hast du zwei Mark gefunden?"

Niki nickte.

„Dann kauf dir was Schönes dafür", sagte die Hausmeisterin.

„Hab ich schon!" rief Niki. „Hab ich längst."

Er sauste zum Lift, fuhr wieder hinauf in den zehnten Stock und klingelte Sturm an der Wohnungstür.

„Ich will mit meinem Auto spielen", schrie er der Mutter entgegen. „Ich hab das kleine rote Feuerwehrauto. Es gehört mir!"

Vor Freude stolperte er über die Fußmatte und fiel lang in den Flur hinein. Aber das machte ihm nichts aus.

Niki begreift etwas

Niki kam aus der Schule nach Hause.

„Na, wie war's?" erkundigte sich die Mutter.

„Schön", sagte Niki.

„Gibt's was Neues?"

Niki schüttelte den Kopf und wollte in sein Zimmer gehen. Da sagte die Mutter: „Aber bei mir gibt's eine Neuigkeit."

„Was denn?" fragte Niki neugierig.

„Vorhin war Fräulein Bergmann hier. Du weißt doch, die vom Kindergarten an der Ecke."

„Hm", machte Niki. Fräulein Bergmann kam öfter zu Besuch, das war nichts Neues. Nikis Mutter war vor ihrer Heirat ebenfalls Kindergärtnerin gewesen, und sie und Fräulein Bergmann hatten sich angefreundet.

„Fräulein Bergmann heiratet", sagte die Mutter. „Sie zieht in eine andere Stadt, und es findet sich niemand, der ihre Stelle übernimmt. Jetzt hat sie mich gefragt, ob ich es machen würde."

„Was?" fragte Niki.

„Na, im Kindergarten arbeiten. Mit den Kindern spielen und basteln und so."

„Etwa als Kindergartentante?" rief Niki.

Die Mutter lachte. „Kindergartentante ist mein Beruf, das weißt du doch. Es macht mir Spaß. Was meinst du, wie gern ich es wieder wäre."

„Aber dann bist du ja weg", wandte Niki ein. „Das geht doch nicht."

„Bloß vormittags", sagte die Mutter. „Von acht bis zwölf. Mittags bin ich wieder zu Hause, da ändert sich nichts. Na ja, ich denke noch mal darüber nach."

Niki ging in sein Zimmer. Wahrscheinlich tut sie es doch nicht, dachte er. Wäre doch Blödsinn.

Aber beim Abendessen fing die Mutter wieder davon an. Sie erzählte dem Vater von Fräulein Bergmanns Besuch, und sie sagte, daß sie gern wieder im Kindergarten arbeiten wolle. Und daß sie im Haushalt sowieso nicht viel zu tun habe.

„Niki geht zur Schule", sagte sie. „Die Wohnung ist ruckzuck sauber, und die Wäsche kommt in die Waschmaschine. Und Einmachen ist Quatsch, weil die Konserven im Supermarkt viel billiger sind als Obst und Gemüse. Vier Stunden am Tag habe ich leicht übrig, und im Kindergarten werde ich gebraucht."

Der Vater sah sie zweifelnd an.

„Ich weiß nicht recht", meinte er.

„Aber ich weiß es!" rief die Mutter. „Ich weiß, daß es richtig ist. Ich habe solche Lust dazu, und ich werde gebraucht, und außerdem verdiene ich dort Geld. Dann mußt du nicht dauernd Überstunden machen, und wir können mal in Urlaub fahren."

„Tu, was du willst", sagte der Vater, und so wurde die Mutter Kindergärtnerin. Niki gefiel das gar nicht. Zwar änderte sich für ihn nicht viel. Mittags kurz nach zwölf kam die Mutter nach Hause. Das Essen, das sie kochte, schmeckte genauso gut wie vorher, und die Wohnung hatte sie schnell aufgeräumt. Aber es paßte Niki nicht, daß sie den ganzen Vormittag bei anderen Kindern saß. Und vor allem paßte ihm nicht, daß er jetzt öfter einkaufen und abtrocknen mußte.

„Du kannst ruhig ein bißchen helfen", sagte die Mutter, als er wieder einmal maulte. „Wir haben jetzt ja auch mehr Geld. Das neue Fahrrad für dich hätten wir früher bestimmt nicht kaufen können. Und freu dich doch, daß mir meine Arbeit Spaß macht. Ich freue mich doch auch, wenn du zufrieden bist."

Aber Niki freute sich nicht. Er fand Abtrocknen scheußlich.

Eines Tages war die Lehrerin krank. Niki kam schon kurz nach elf aus der Schule. Und ausgerechnet an diesem Morgen hatte er seinen Schlüssel nicht im Ranzen.

Er stand vor der verschlossenen Tür und überlegte, was er tun sollte. Schließlich fuhr er mit dem Lift wieder nach unten und rannte zum Kindergarten an der Ecke, um sich einen Schlüssel zu holen.

Es war das erste Mal, daß er die Mutter bei der Arbeit sah. Sie saß mitten zwischen den Kindern. Alle hatten buntes Papier in der Hand und schnippelten Muster hinein. Die Mutter zeigte gerade einem kleinen Mädchen, wie sie die Schere halten mußte. Die Kinder sagten Tante Margit zu ihr und taten, als ob sie ihnen gehöre. Für Niki hatte sie kaum Zeit.

„In einer Stunde bin ich zu Hause", sagte sie nur. Er bekam den Schlüssel und konnte wieder gehen.

Blöder Babykram, dachte er. So ein Quatsch!

Draußen im Flur saß eine Frau und wartete.

„Was tun denn die Kinder jetzt?" erkundigte sie sich.

„Meine Mutter schnippelt mit ihnen", brummte Niki.

„Deine Mutter?" die Frau sah ihn an. „Ach, ist Tante Margit deine Mutter? Na, da hast du aber Glück! So eine nette Kindergärtnerin war noch nie hier. Was die alles mit den Kindern macht! Und wie gern sie alle haben! Meine Tochter wollte früher nie in den Kindergarten gehen. Und jetzt kann sie es morgens gar nicht erwarten."

Niki hörte erstaunt zu.

„Meinen Sie wirklich meine Mutter?" fragte er.

„Na, wen sonst?" sagte die Frau. „Aber du weißt ja sicher selber, wie sie ist."

„Klar“, sagte Niki. Dabei hatte er bis heute keine Ahnung davon gehabt. Er hatte gewußt, daß die Mutter seine Mutter war, mehr nicht. Jetzt begriff er plötzlich, daß sie außerdem noch etwas anderes war: Eine tolle Kindergärtnerin, die beste, die es gab! Und solche Mutter hatte nicht jeder!

Niki lief nach Hause, stellte seinen Ranzen in die Ecke und ging in die Küche. Eigentlich wollte er sich einen Apfel holen. Aber als er das schmutzige Geschirr sah, ließ er Wasser einlaufen und fing an, abzuwaschen.